橫山
竹東
榮華
上員
竹中

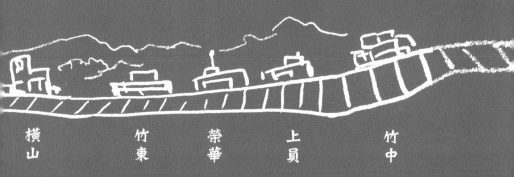

九讚頭

合興

富貴

內灣

鐵道奏鳴曲

阮光民

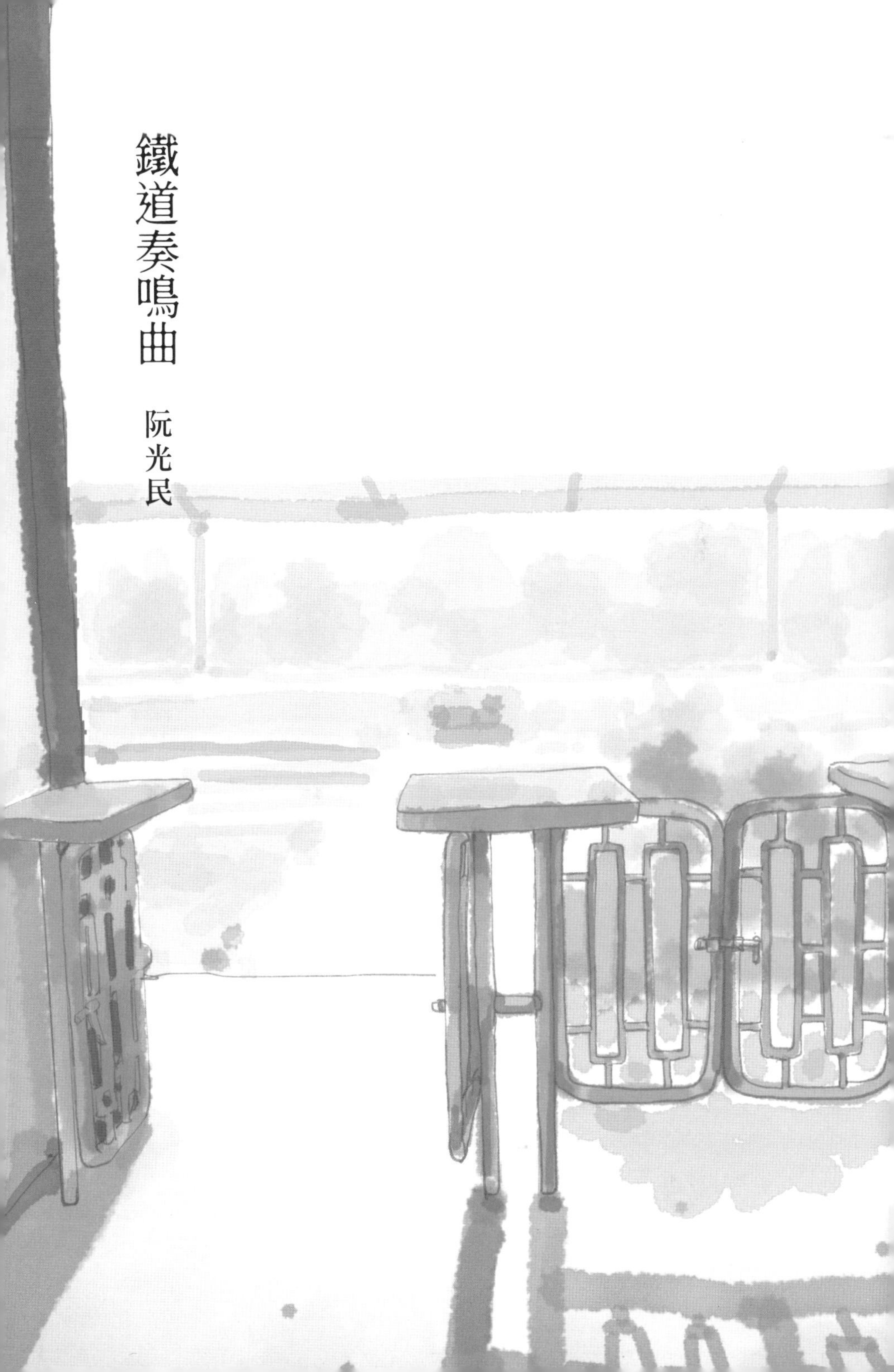

目次

第一樂章
怦然輕柔的快板
春光寄來的明信片 5

第二樂章
青春奔放的急板
夏風吹來的嫁衣 57

第三樂章 溫柔深情的慢板
秋雨彈奏的華爾滋 95

第四樂章 惆悵恬靜的行板
冬日旅人的故事本 137

〈自畫自說〉在故事裡感受季節的氛圍 179

第一樂章

春光寄來的明信片

怦然輕柔的快板

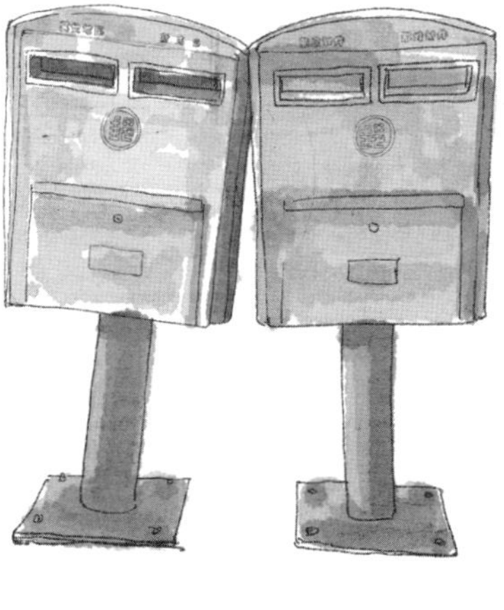

明信片是赤裸的，

它毫不掩飾的把內心想表達的全然坦露。

這樣子的勇敢與溫度，我還滿喜歡的……

火車遨遊賽神仙
大嬸婆婆來做伴
世外桃源在內灣
內灣車站
NEIWAN STATION
阿源叔，你說有我的明信片？
喏，有人撿到的，是情書喔！
哈！你亂說。
是誰寫的啊？
春

哈哈！是他呀。
bonjour
安

明信片
是赤裸的。
阿媽的台語
喚作「光批」。
它毫不掩飾的把內心
想表達的全然坦露。
我還滿喜歡這樣子的勇敢。

五天前——
電腦幫妳重灌好了。
以後下載程式要注意。太多惡意木馬了。
手機有幫妳設好同步了，密碼我放桌面資料夾。
謝謝！阿杰人最好了。
哈哈！沒什麼啦，大家都是同事。

唰！
小薇，那個……
要不要一起去吃晚餐？
（我故意慢慢修就是為了等著說這句話啊！）
哎呀！我晚上約了朋友耶，下次好了。
這樣啊……好吧。
唔？妳最近都穿寬鬆的洋裝……
是不是冬天吃比較多，好像有點……
唉喲，你很討厭耶！幹麼注意人家。
唉喲，反正這事早晚都會公布，就先跟你說吧——

WE ARE GETTING MARRIED
TOGETHER WITH THEIR FAMILIES
JACKY HUANG & HELEN HSIEH
INVITE YOU TO CELEBRATE OUR MARRIAGE
李大同§張小薇
敬邀
2017 05 18
原來準備結婚啦……孩子都有了。
我果然像阿明說的恐龍轉世，反應遲緩。
居然變胖跟懷孕都分不清……
還跟阿明一直爭論，有夠蠢的……
叮咚！叮咚！
叮咚！
又拗我……
冬天都過了，能來一些溫暖的事嗎……
在嗎？
在！
明天報告你的部分做好了沒？
沒
晚上在弄
妳該不會...
阿杰救我~
拜偷~我放雲端
......
謝謝泥~

砰！
捎！
啊——抱歉！
走路就走路！滑什麼手機啊！
捎！白目！
凶屁啊！你還不是在抓寶可夢……
喵——
啊！小花抱歉！今天沒買罐頭。

隨手關門
貴住户
信用卡帳單、
電話費通知單……
新開幕
和進家電冷氣行
各廠牌冷氣
廣告信、
再來一張廣告信——
呃！

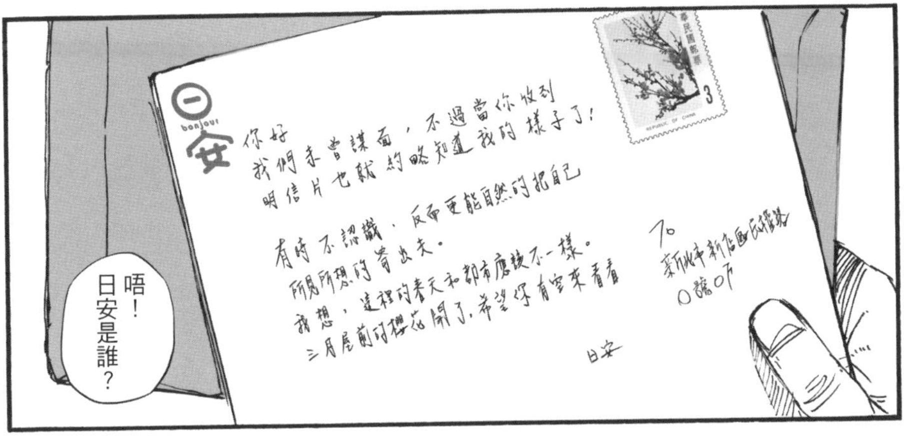
日安
bonjour
你好
我們未曾謀面，不過當你收到
明信片也就約略知道我的樣子了！
有時不認識，反而更能自然的把自己
所見所想的寄出去。
我想，這裡的春天和都市應該不一樣。
三月屋前的櫻花開了，希望你有空來看看
日安
To
新北市新店區民權路
○號○戶
唔！日安是誰？

俊杰
檔案大小
3 MB
34 MB
3 MB
40 MB
3 MB
日安
是民宿的廣告信啊……

手寫明信片耶。好溫馨啊——
上次收到手寫的是交通違規罰單……
啊啊啊——怎麼辦！有點感動……
重點是，還是個正妹寄的……

叩！
……
唔……
我做了什麼……
那只是廣告，
我幹麼回信……
靠靠靠
靠靠靠！
我一定鬼上身了！
糗了……

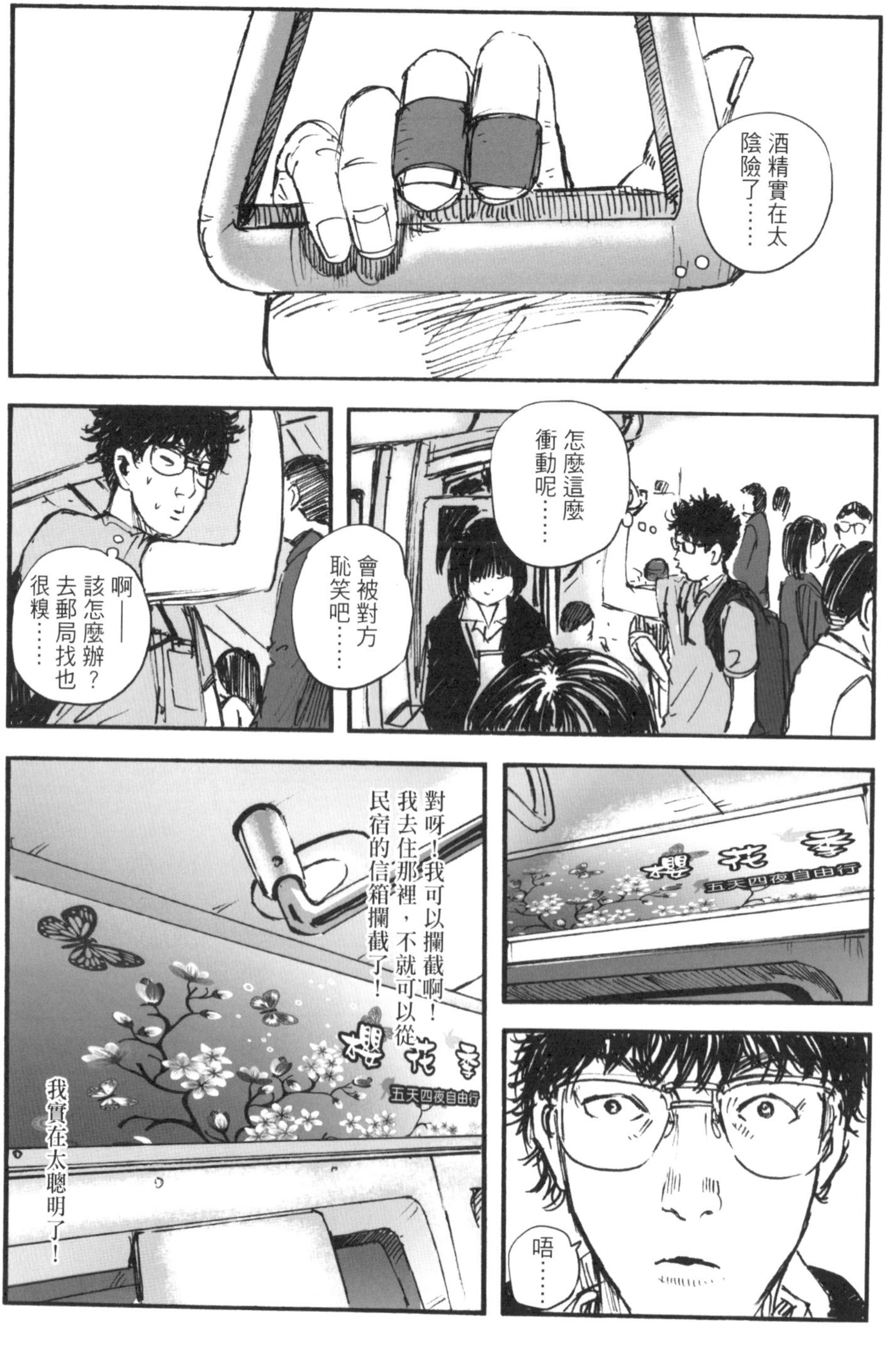

酒精實在太
陰險了……
怎麼這麼
衝動呢……
會被對方
恥笑吧……
啊——
該怎麼辦？
去郵局找也
很糗……
對呀！我可以攔截啊！
我去住那裡，不就可以從
民宿的信箱攔截了！
櫻花季
五天四夜自由行
櫻花季
五天四夜自由行
我實在太聰明了！
唔……

喀啦！
新店區公所站
咦？
就這麼辦吧……
新店區公所站
新店區公
我咧！下錯站了。
萬一下錯站也沒關係喔。可以在附近走走。
這個小冊子是我整理的各站小景點，給你們參考。
安

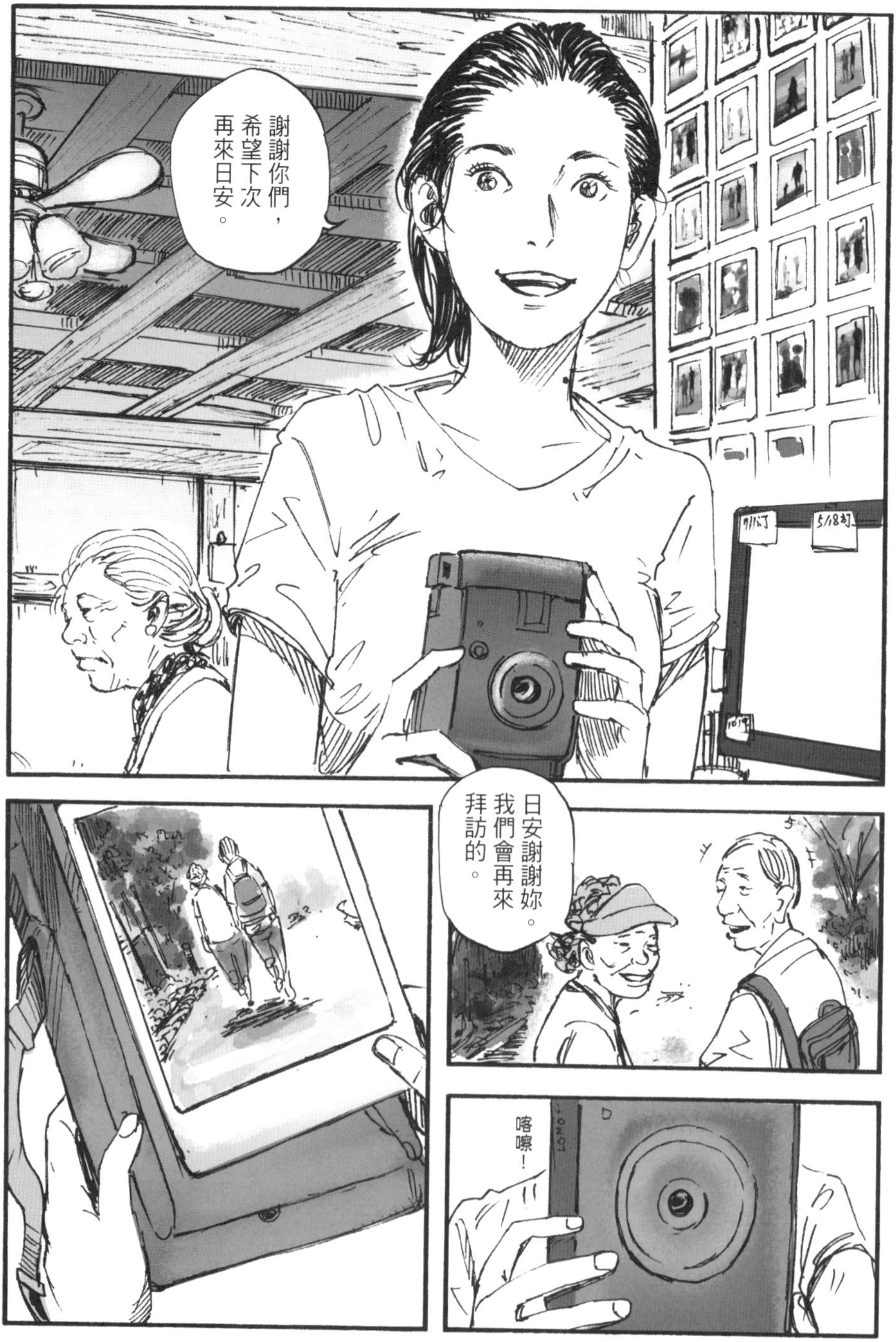
謝謝你們，希望下次再來日安。
日安謝謝妳。我們會再來拜訪的。
喀嚓！

我喜歡背影。
也許從我的視角，這些人是離去。
但是從他們的視角是朝某個方向出發。
相片看似單一視角，
卻能說出很多角度的故事。
我想，我會一直喜歡拍照這件事。
Travel
阿嬤妳又要出門賣肉粽喔。
嘿啊，不然怎麼幫妳繳學費？
呃！

她又要出去賣粽子吼！
唉喲，阿媽，我早畢業了。已經不用註冊了啦——
什麼！妳畢業了？
我不是說妳負責包，我負責賣。
妳坐好，邊看電視邊包啦。
你是誰啊？
我是阿康啊。
妳顧著，我出門了。
阿公注意安全嘿。
騙我，阿康哪有這麼老。

早知道就搭小黃了——
安
5公尺
櫻花……
就是這裡了吧。

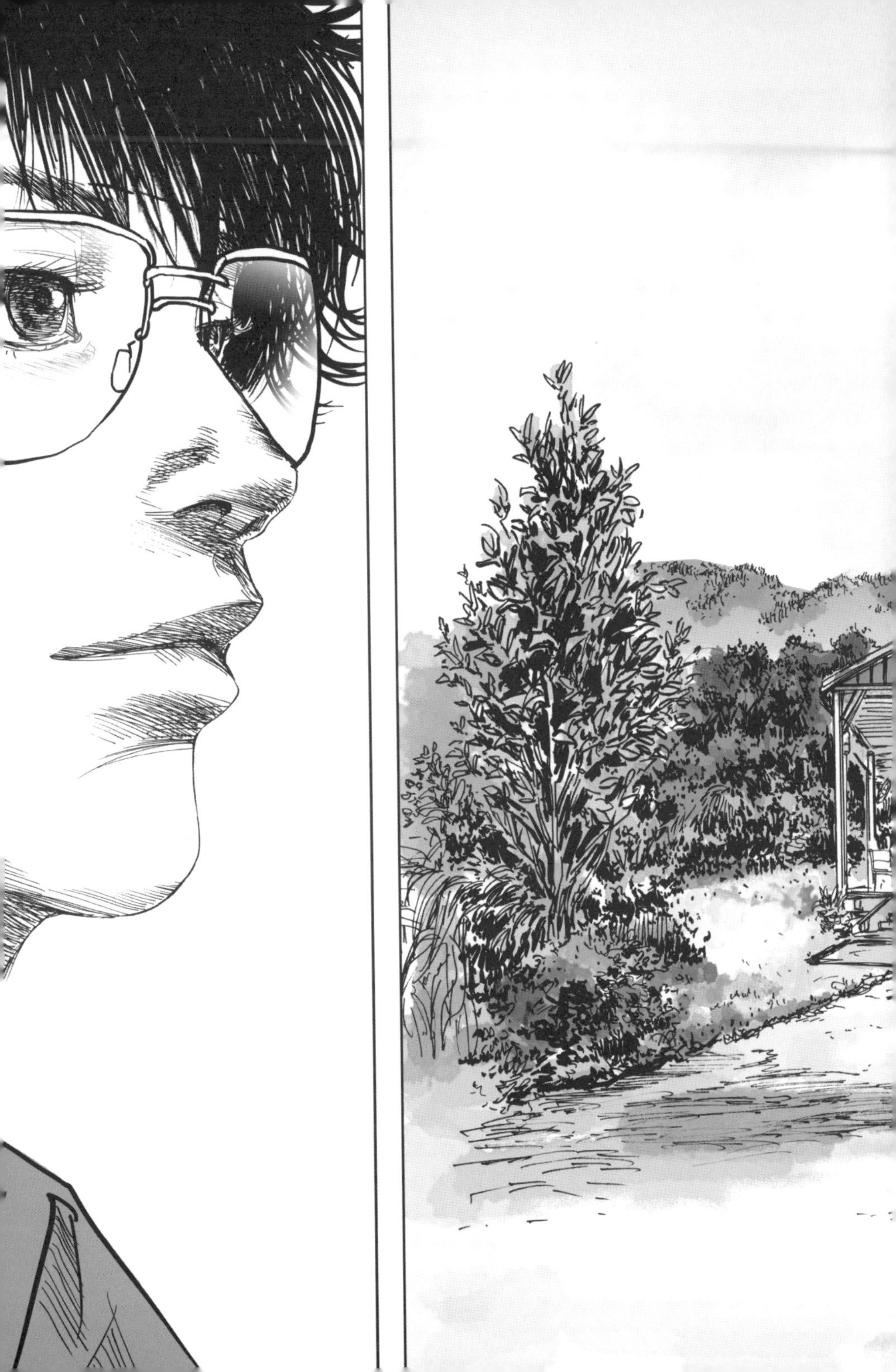

喔喔喔！本人比照片更正耶——
就是那疊明信片吧……
我……我是逛網路看到的……
喔……這樣啊。
請問，你是因為收到明信片知道我們家民宿的嗎？
唔！呃！那個……

我上週寫了兩百張明信片寄出去，希望有人是因為這樣而來的。
似乎完全不奏效……啊──好失望喔。
別灰心，也許下一個客人就是了！
我就是了啊！
謝謝你！希望是如此……
我帶你去房間。
你在找什麼嗎？
沒有啊！看看環境而已……

這裡是客廳，往後走是廚房，後面還有個小池塘。
附早餐，如果午、晚需要供餐可以提早說喔。
哇！好多明信片！可是為什麼貼在窗戶上？
哈！這樣兩面都能看到呀。
喏！這是我最愛的房間。
無敵山景和夜景盡收眼底喔！
沒客人時，我會跑來這睡！
……喔

請問可以點菜嗎？
那麻煩幫我準備晚餐好了。
想吃什麼？
這裡感覺像老家，突然想吃筍乾滷肉。
沒問題，我先載我阿媽去複診，回來再做菜。
感覺妳滿忙的，沒想過找員工嗎？
請不起呀，怎樣？你想用打工抵住宿嗎？
怎麼可能啦！
嘿！開玩笑的啦，你自便吧。掰——

不妙啊！這個日安長得正，個性又可愛……
冷靜點俊杰！你的任務是來攔截未來將寄到的明信片！
唔！我這樣算穿越嗎……
小旅行 1
小旅行 2
小旅行 3
travel
日安
日安
日
安

原來她以前是攝影師啊！
滿會的嘛，才女耶——
日安！妳訂的東西來囉！快來簽收！
啊！她剛出門了。
喔喔！她終於聽我的話，肯請員工了啊！
快簽一簽，我趕著送其他地方！
呃！那個……我是……
東西交給你囉！帥哥！
呃……我……

等，等一下——
沒關係啦！錢等我下次送貨來再一起算！
噗——
我……
算了……

真的很抱歉，武哥把你當成員工了！
他超級急性子的，你別在意啊。
不，不會啦——
那明天我請你吃消夜。
不用啦，又沒有花很多氣力。
總之謝謝你呀。
如果明天拿到明信片，我就閃人了……
我上次像這樣看夜景，是念研究所的時候吧。
退伍後就開始工作，放假又懶得出門，偶爾還得加班……

就跟你說吧，這裡的夜景無敵！
晚餐還合胃口嗎？
很好吃呀！也滿久沒一群人吃晚餐了。
對了，阿雄是誰？妳阿媽把我當成他了。
是我爸啦。謝謝你還配合演出。
當導遊啊，一個月在家不到一星期。
所以你爸經常出國？
開這間民宿是他的主意，打算退休後養老生活。

客廳窗戶的明信片
就是他每到一個地方，
寄一張回來的。
是因為這樣
所以當旅遊
攝影師嗎？
唔！
我看到妳拍
的雜誌，還
有這本書。
日
啊！這
本呀！
不錯看喔。
哈！這本
是他偷偷印，
分送給親戚
朋友的。

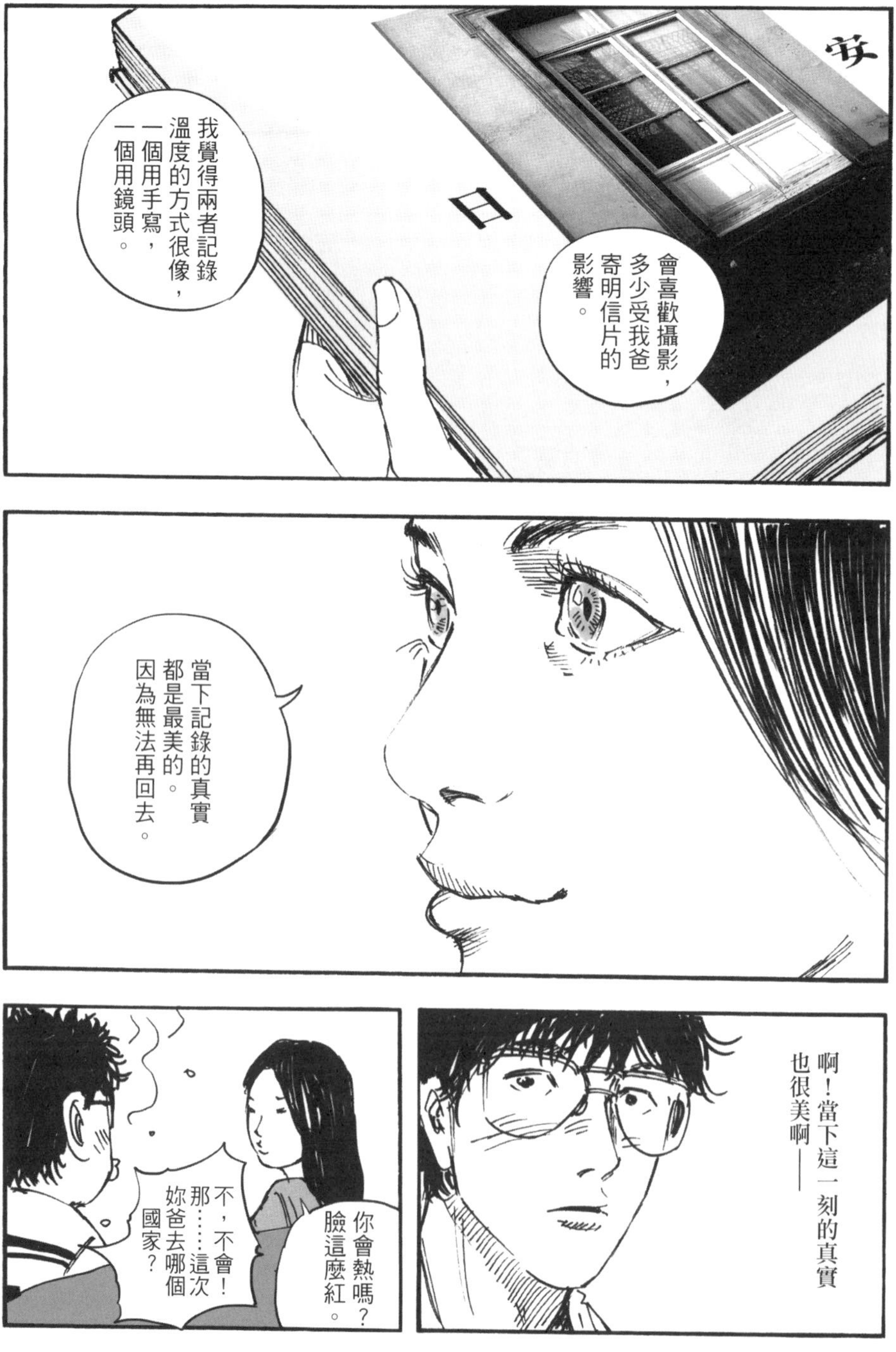
安
日
會喜歡攝影，多少受我爸寄明信片的影響。
我覺得兩者記錄溫度的方式很像，一個用手寫，一個用鏡頭。
當下記錄的真實都是最美的。因為無法再回去。
啊！當下這一刻的真實也很美啊——
你會熱嗎？臉這麼紅。
不，不會！那……這次妳爸去哪個國家？

去天國。已經三年了。
我就回來接民宿照顧長輩囉。
真是乖孩子！
謝謝誇獎，大家都這麼稱讚我喔！
我要去洗洗睡啦，明天還有一組客人會來。
喔！晚安。
請問一下。

請問，郵差通常是幾點送信到這？
九點左右，要我幫你代收嗎？
不用麻煩了！我明天不會出門的！
好吧，那晚安囉。
你怎麼會想用手寫明信片的方式廣告民宿？
手寫的比較有溫度呀。
再說，民宿不就是希望初次見面的人能住下來。

溫度的產生，本來就需要花時間呀。

這是信箱
鳥類勿進!
晙
這是寫給哪一國的鳥看的啊……
太好了，終於等到你了……
你在幹什麼啦!
驚!

昨天還意氣風發的，今天就掛了！
嚇一跳……以為被發現了。
車子壞了喔。要找人來修嗎？
修車廠中午才開呀，我得去載客人。
可以請他們自己搭車上來呀。
不好吧，有一位是行動不方便的長者。
廂型車上下比較方便。
那我能幫忙做什麼，儘管開口。
你已經幫很多忙了，不好啦。
沒關係！我現在沒事。儘管開口。

咿咿咿咿咿！
咿咿！
加油！這一段有點上坡，過去後下坡就可發動了！
你還行吧！不行別硬撐啊！
可……可以……
哈！認真的樣子還滿可愛的。
平安

普！
耶！發動了！發動了！
呼！
呼！
呼！哈！妳快去吧。開慢點。
喂！跟我一起去吧。

有你幫忙，多出了一些時間，我帶你去繞繞吧。
喔！謝謝！

經營民宿，跟妳以前的工作差很多吧？
嗯……以前常傷腦筋怎麼企劃才能讓人想出門。
哈哈！對耶！是報應嗎？
現在是傷腦筋如何讓客人多住幾天或再回來。

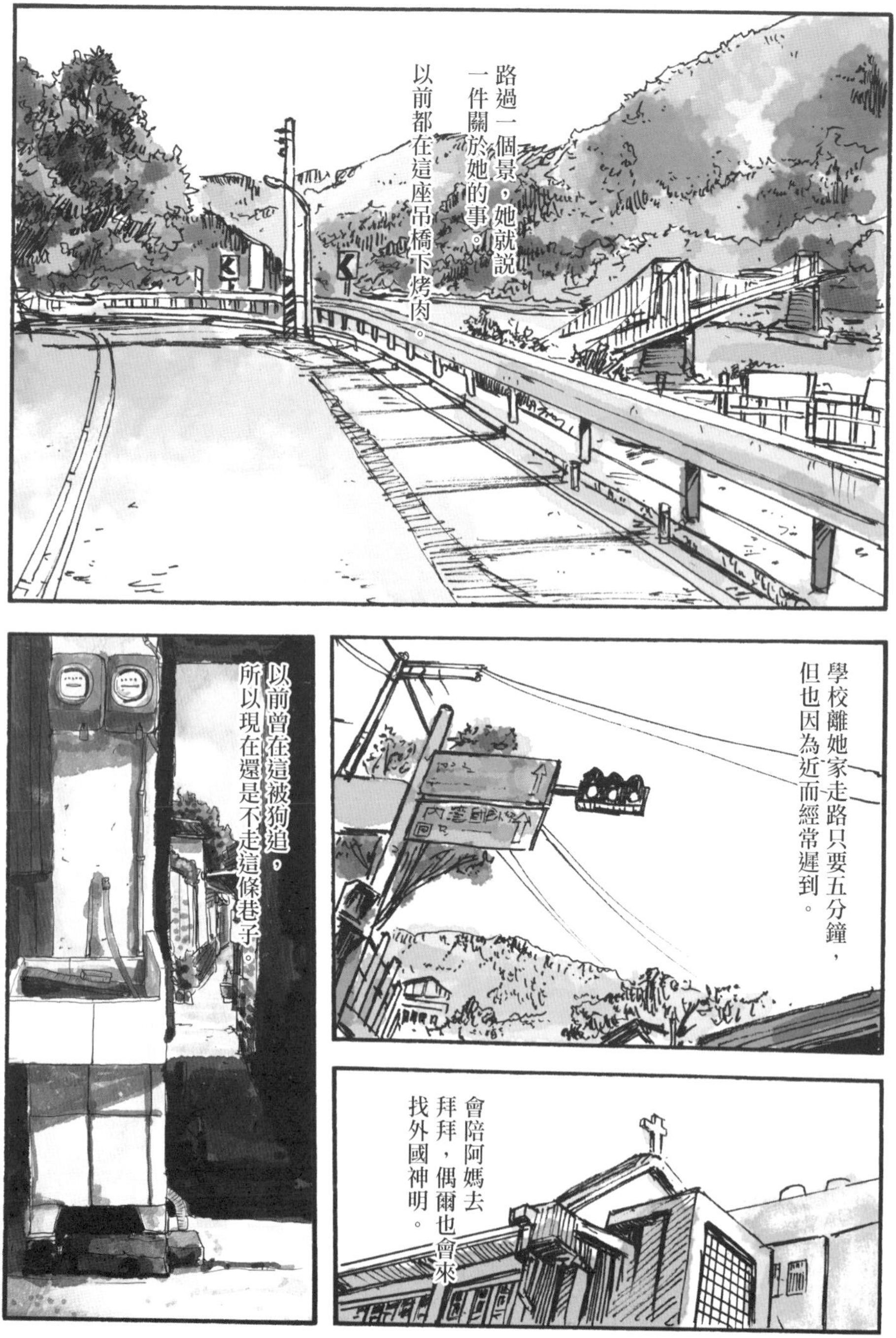
路過一個景，她就說
一件關於她的事。
以前都在這座吊橋下烤肉。
學校離她家走路只要五分鐘，
但也因為近而經常遲到。
以前曾在這被狗追，
所以現在還是不走這條巷子。
會陪阿媽去
拜拜，偶爾也會來
找外國神明。

我有些錯亂。
我們是初識，卻在這趟路之後有種故友的錯覺。
你要不要多留一晚？
bonjour
安
你沒在櫻花樹下烤肉的經驗吧？之後再去夜遊。
如何？
感覺好像會不錯玩。

鈴！
鈴！
……
等安頓好客人，我送你去車站。
……
謝謝妳。

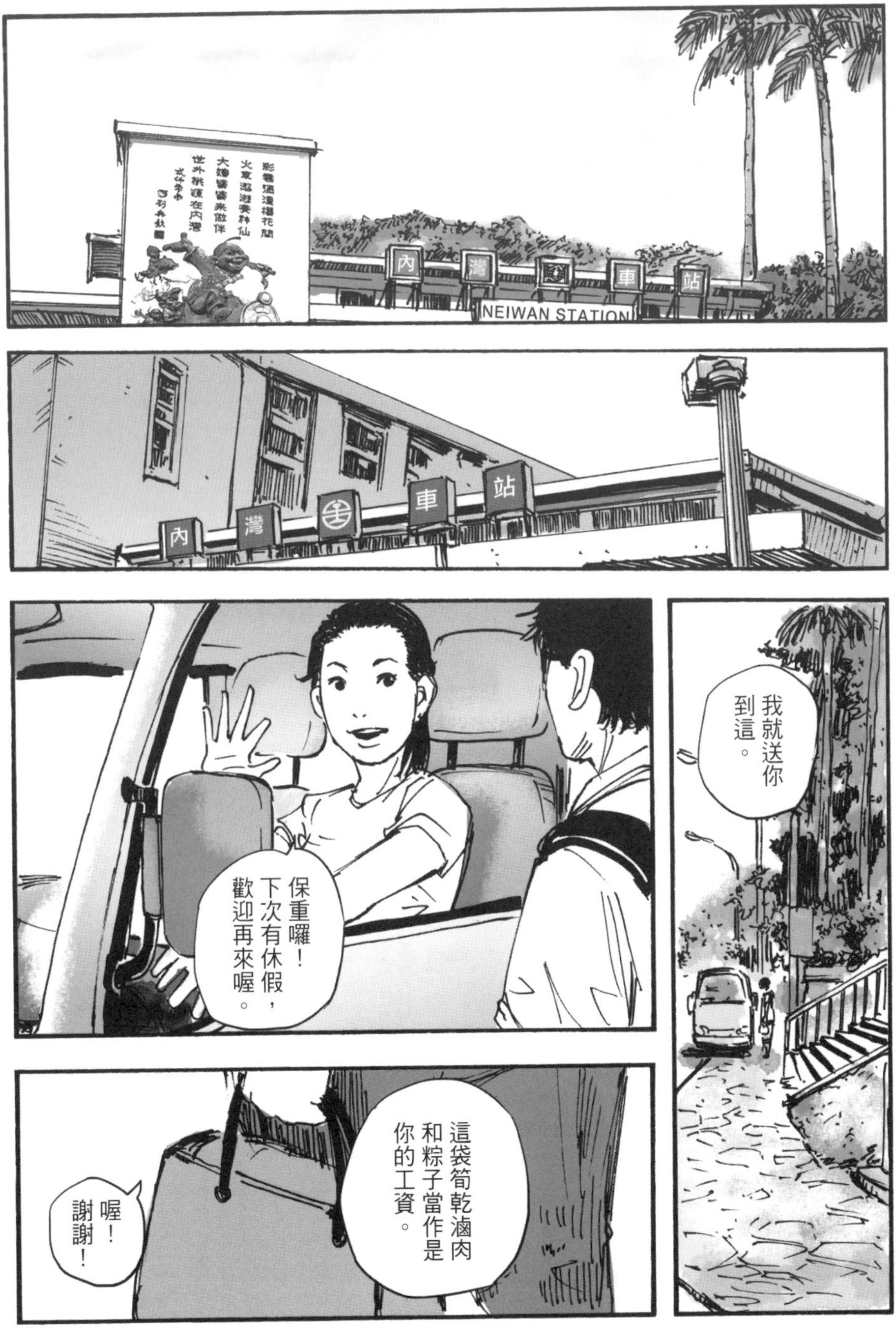
世外桃源在內灣
內灣車站
NEIWAN STATION
內灣車站
我就送你到這。
保重囉！下次有休假，歡迎再來喔。
這袋筍乾滷肉和粽子當作是你的工資。
喔！謝謝！

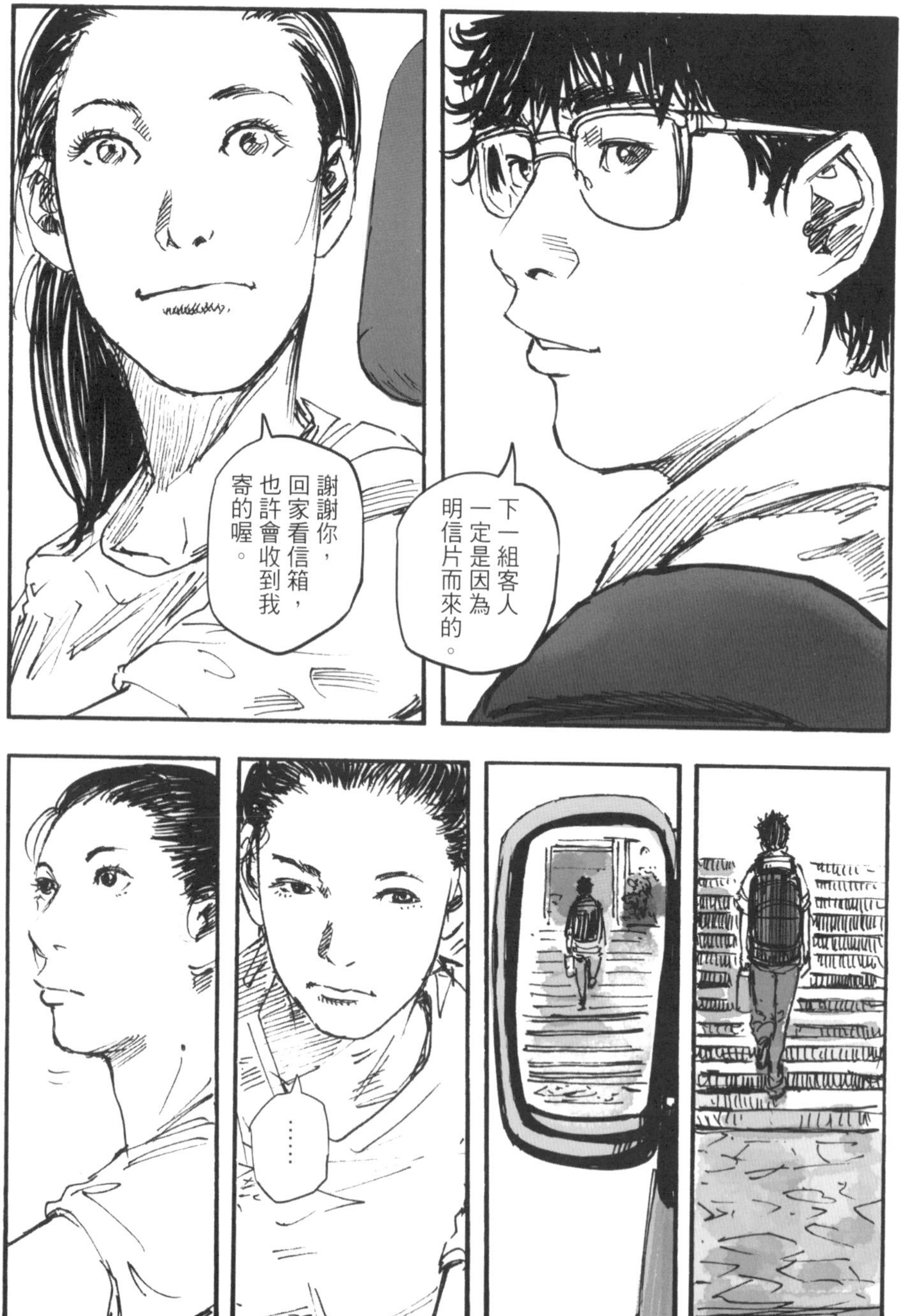
下一組客人一定是因為明信片而來的。
謝謝你，回家看信箱，也許會收到我寄的喔。
……

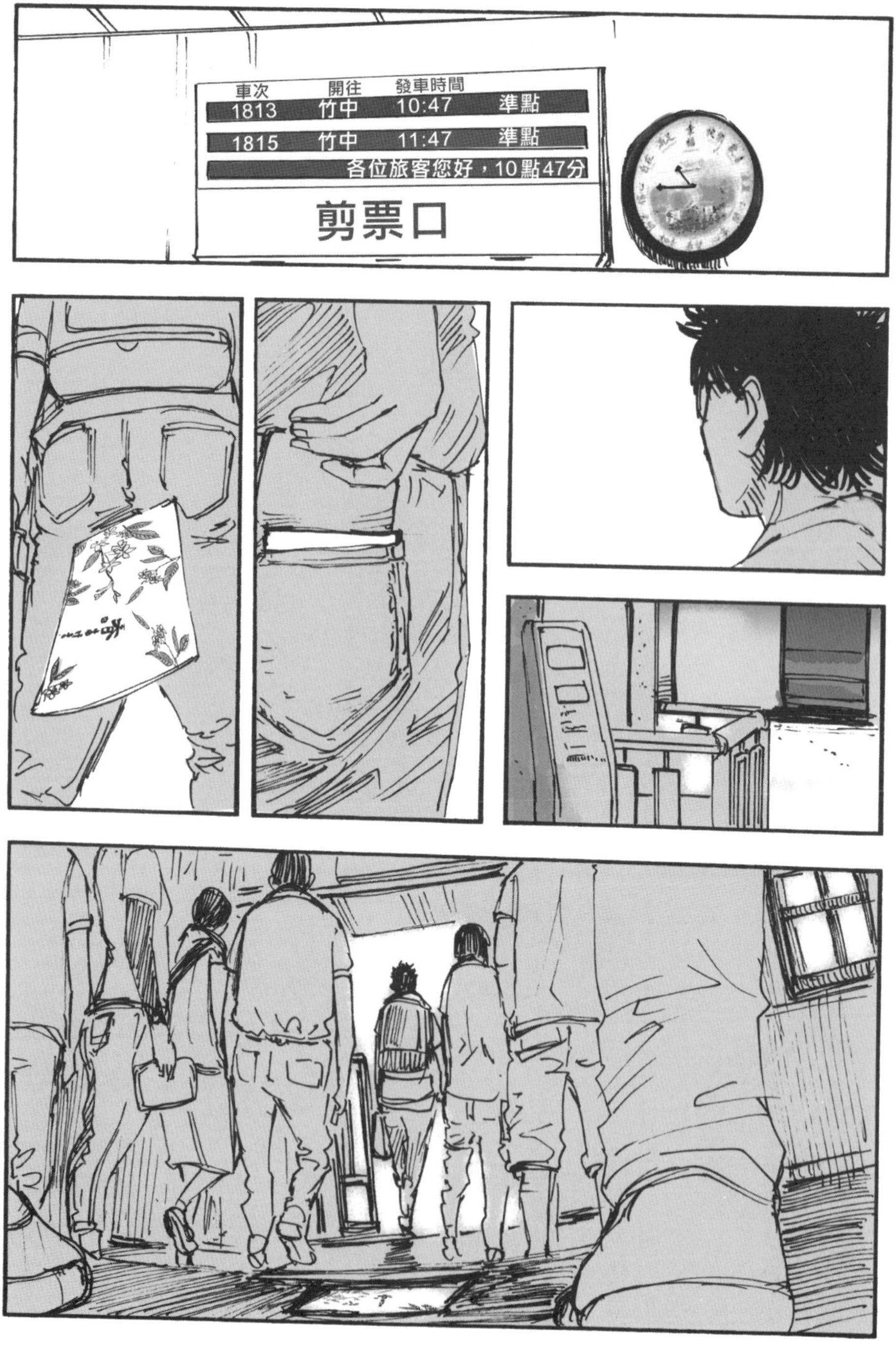
車次 開往 發車時間
1813 竹中 10:47 準點
1815 竹中 11:47 準點
各位旅客您好，10點47分
剪票口

咦？
明信片啊。
內灣車站
日安妳好：
呵呵！這人我認識，交給我吧。

補二十元。謝謝。
櫻花很美吧！你來對季節了。
唔！什麼？
咦！什麼時候……
春天嘛——
有花飄落在身上，是再自然不過的了。

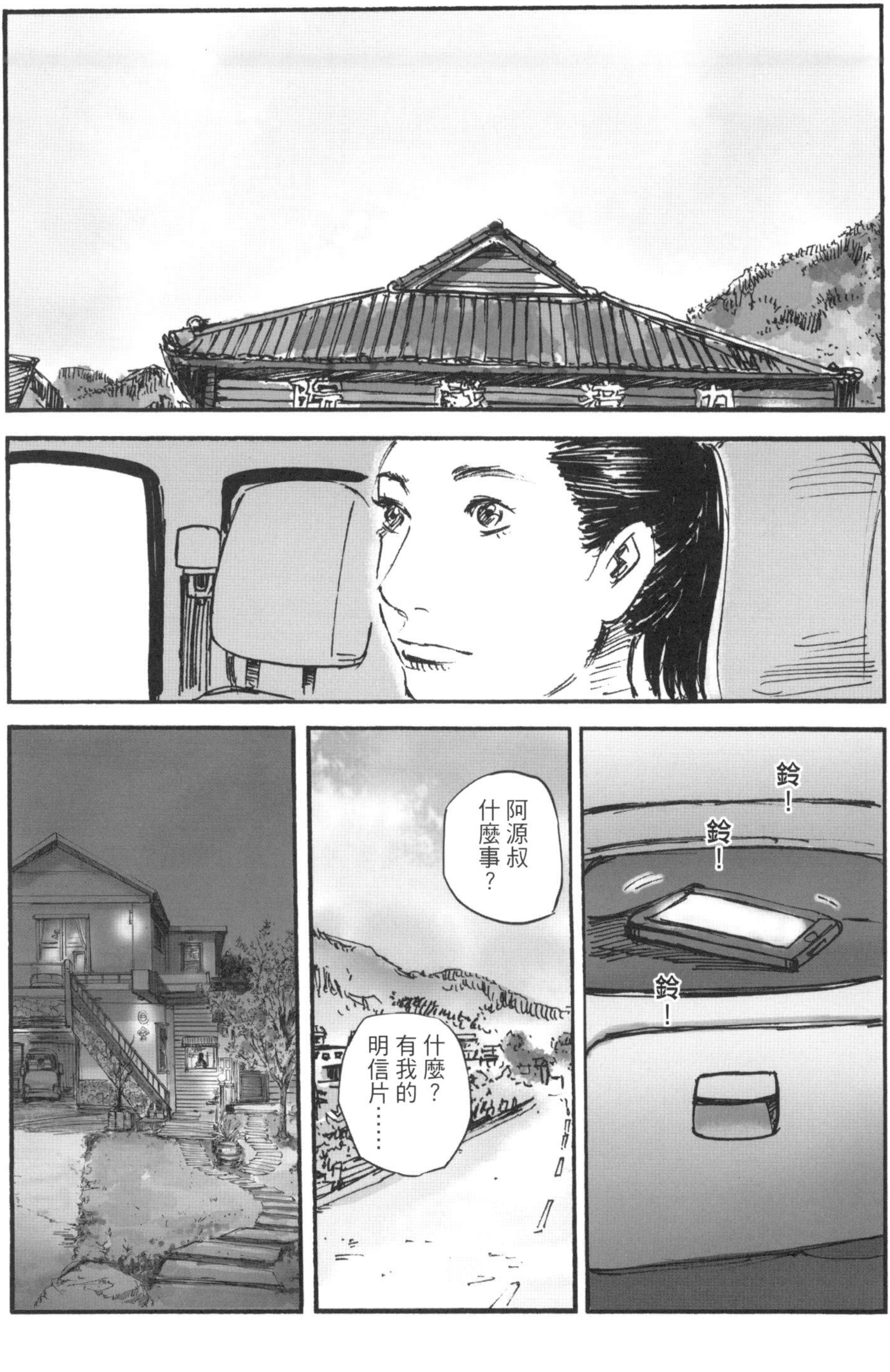
鈴！
鈴！
鈴！
阿源叔什麼事？
什麼？有我的明信片……

俊杰 你好
其實呢，除了春天，
這裡的夏天也和你
的城市不一樣喔！
日安
俊杰 你好
其實呢，除了春天，
這裡的夏天也和你
的城市不一樣喔！
日安
日安妳好：
謝謝妳寄來的明信片，很溫暖
我把妳的明信片貼在桌前 這樣
能一直感受春天的氣息．妳說的對
妳們那裡的春天和這不一樣 這裡的
高樓讓春天很難跑進來……我有太多
藉口了．我會找天去看櫻花的！
俊杰

第二樂章

夏風吹來的嫁衣

青春奔放的急板

世間多數的緣分一生就這麼一次，不再相見。

所以反而可以盡情傾訴祕密，然後各自離去，繼續生活……

康伯，要帶野薑花回去給老婆包粽子喔。
嘿啊。
我可以用粽子跟你抵車錢喔。
最好是可以這樣啦！
如果你是警察，不就開罰單跟我抵車錢。
噹啷！
你給我站住！
陳奇賢！你給我停下來說清楚！
放過我吧！
呼！
呼！呼！
呃？

啊！
呼！
呼！
呼！
陳奇賢！給我站住！

老娘耗了十年青春，還花了十萬瘦身！
連婚禮也是我花錢籌備的！
你竟然在典禮前給我逃跑！
啪！
喔喔喔！
喔耶！
還好，這一撞我並沒有看到一生閃過。
而是，補票機、路人甲的咖啡、路人乙的愛鳳在頂上盤旋。

嘖！痛死了！
有夠倒楣……
叭！

什麼！有沒有搞錯！
要告我性騷擾！
有沒有搞錯！是妳亂衝撞到我耶！
你趁我跌倒時摸我的屁股！
變態癡漢！
你這女人這麼不講理！怪不得新郎會逃！
真沒家教，說話這麼毒！
妳才沒家教！沒人要！
一早就青春洋溢。
是啊。
唧！唧！唧！唧！
夏天嘛。

各位旅客，竹東站到了！要到竹東的旅客，請準備下車——
我先去開門，回來再理論！
好！老娘在這等你！
阿母！到站了啦！快起床！
阿母妳口水滴到別人了！
車門

喔喔！快快！
走！快！快下車！
啊！
糟糕！
于恩庭
妳的便當袋……

掰掰——第五號便當袋。
抱歉，我又忘記了——
竹東車站
沒有把我忘在車上就好啦。
哈！妳胖嘟嘟的，很難忘記。
阿母妳也胖嘟嘟啦！
哈——
嘰——
阿志，送你個熱呼呼的愛——啾！
幼稚耶。
鈴鈴鈴——

不會又是公司吧……
是！我是！
方便，方便！經理請說——
抱歉，我要在九讚頭下車，公司有急事。
蛤？要這麼趕喔……
不能晚一點嗎？今天是紀念日耶——
我們每年都會去合興車站拍照的……
這樣吧！我們去拍一張，我再陪你回去加班！

妳為何搞不清楚狀況！我已經出社會了！
妳以為還能像學生一樣整天陪妳玩嗎！
……
我鬧你的啦。工作要緊……
車票和皮包收好喔。
哈！我拍完照，再把你PS進來就好啦。
對了！差點忘了你的記事本。

哎呀！放哪了呀？我們的東西好多！哈哈哈！
哈！大海撈針！啊！找到了！
那個包包是我五年前送給她的……
頭
合興
Hexing
阿志，注意安全喔。上班加油！啾！
五年了……舊了；褪色了；不再新了……
是不是感情也是這樣。
我下車了。嗯，等我喔。

我們去內灣戲院吃飯！
笑一個！
我先把東西拿回家裡，再來搭回頭車。
沒問題——幫我跟日安問好！
喂！
終點站了，妳不下車嗎？

喂！
唔！
嗚……
嗚嗚嗚……
我……
我一直期待
他會在終點站
等我……

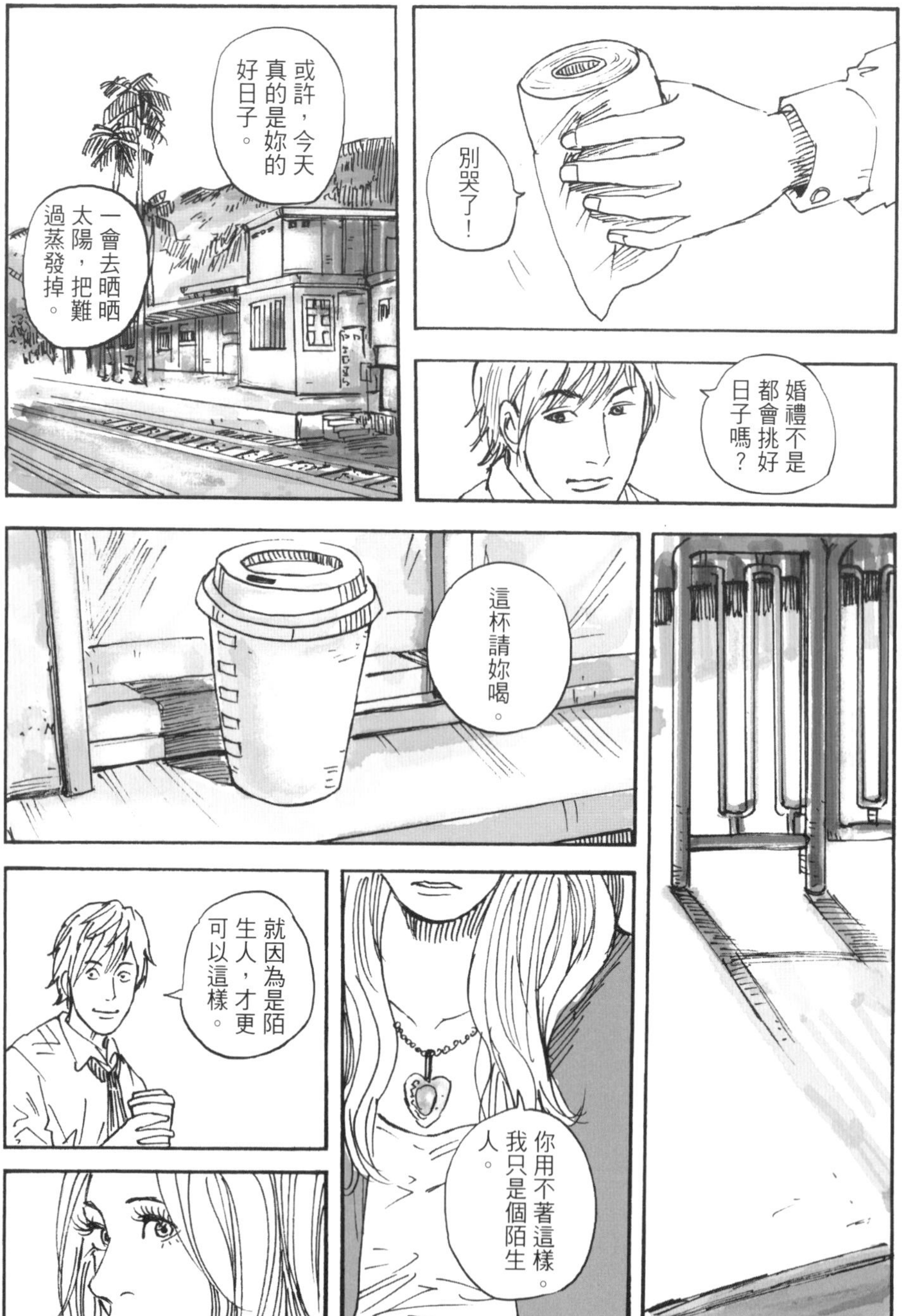
別哭了！
或許，今天真的是妳的好日子。
一會去晒晒太陽，把難過蒸發掉。
婚禮不是都會挑好日子嗎？
這杯請妳喝。
你用不著這樣。我只是個陌生人。
就因為是陌生人，才更可以這樣。

有一位老站務說，世間多數的緣分一生就這麼一次，不再相見。
所以反而可以盡情傾訴祕密，然後各自離去，繼續生活。
好像有點道理……
我一直以為人生會按照我規劃的軌道而走……
結果，卻在通往婚姻的路段脫軌了……我連蜜月都計畫……
我太自以為是了。
別人也有自己想走的軌道啊。
也許一開始遷就，但到某個路段遇見分道，就會思考了。

如果感情、人生都是單軌，那誰願意等誰，誰願意讓誰？
總會遇上另一個軌道和妳有相同目的地並肩而行的。
你很會安慰人……謝謝。
不客氣。不過說真的，妳會留在我腦中一陣子，沒別的意思……

畢竟我在這條線跑三年了，還是第一次看見有新娘在火車上狂奔。
別說了，有夠丟人現眼的。
剛應該有人錄影上傳吧，回去不知怎麼面對所有人。
當笑話囉，很多無法改變的事，笑笑就過去啦。
我一開始還以為新郎是被黑道追殺。
跑速都可媲美奧運選手了！
春生，又在泡妞啊。該走囉──
不要叫我名字啦。煩耶！
噗哈！你的名字好鄉土。
笑屁啊！咖啡錢還我。

這位老伯是賣粽子的嗎？提了好多粽子。
是啊，他每天都帶原料回去給他老婆，再拿貨去賣。
他們感情真好。
不過他老婆不太記得他了。
素秋嬸逐漸在忘記回憶。康伯說她一睜眼就開始她的時空旅行。
一起度過的數十年不被記得，旁人看來或許顯得悲傷。可是康伯說有愛才會有累積的數十年。
愛還在，隨時都可以重新累積。

喔！
是梁山伯跟祝英台耶——
噗哈！白癡！
三年忠班
唔！請……請問你找誰？

喔喔喔！真是太神奇了！我的第五號便當袋回來了！
車廂小精靈的傳說果然是真的！
什麼小精靈！還不謝謝張老師。
同學妳好，我是剛來報到的國語老師，早上搭車湊巧坐在妳旁邊。
下次別再忘記便當囉——
是，是……謝謝老……老師！

九讚頭
少年仔——
你這樣盯著，火車也不會比較快到站。
你趕著去約會吼。
關妳屁事……
好好記住這種心情。
看你急得，剛交往吧？嘖！男人發情都一個樣——
因為交往一陣子後，這樣的感覺就會煙消雲散。

你知道促使人類進步的重要因素是什麼嗎？
就四個字——喜新厭舊！
吵死了！真倒楣——遇到喝醉的瘋婆子……
不管對人對事對物，人都是手拿著舊的，眼看著新的。
我小時候這裡好繁榮，你看看現在。
或許人本性就很怕被遺落在後，逐漸淡忘。
新的一直湧過來，一直換……
然後忘記了什麼才是最重要的。

對啦！我就是那個舊的啦！
不過我是下一個的新的啦！
唔！
喂！你在幹麼！找死啊！
有個很重要的人在合興站！我要去找她！
呼！
呼！
隆隆隆！
隆隆隆！
喀！
噠！

回到愛情
我曾問過小雅，為何會選擇拍照。
她說有位學姊曾說，照片用一秒的時間就把人和時光鎖住在永遠。
而影片比較像是人與人每天錯身而過的行進。
如同鐘有框，卻怎麼也框不住時間。

照片裡的影像，無法往前，無法倒退。
回到
愛情
也許以後我們會因某個原因結束，但是照片會讓我記得我們是如何開始。

內灣國民小學
內灣戲院
麻煩您幫我包三顆帶走。
謝謝。
好的。

唉！
長得凶神惡煞，沒有一個教職員敢找我說話。
對他們微笑，他們反而更害怕……
呃！
呃！

……
挖咧！是綁架案嗎……要不要報警……
張老師謝謝你幫小恩拿回便當袋……
不，不用客氣……
呃，您從事營造的工作，很辛苦吧。
喀！
還好，也習慣了。

啊！
唔喔喔喔喔！
小心啊！
喔喔喔！好像大黑熊喔！
呃！你沒事吧？

沒事，我家也是做土水的，我的皮練得很厚。
唔！
不妙！
老媽臉紅了！
自從爸去天國當神仙後，老媽第一次害羞臉紅……
不妙啊……
好了！我只能送到這了。

下次結婚記得穿球鞋，跑起來才快！
少詛咒我！不會有下次了！
謝謝你的外套還有陌生人的關懷，廖春生先生。
住口！要稱我列車長大人！
廖春生，知道為什麼我們在夏天相遇嗎？
那是因為季節不能跨過季節喔。掰啦——
是在說啥啦！沒頭沒腦的！
看外套口袋裡的紙條就知道我在說什麼了。

你果然如同春天
謝啦!春生公
李秋芳
噗哈!妳自己不也是菜市場名字!
春仔!末班車準備發車囉!
是!學長!
呼——晚上總算涼快一點了。
末班車還不少人搭乘,這些乘客也像火車一樣按著時刻表跑了一天。
竹中
Zhuzhong
新竹縣竹東鎮
1.3公里Km
2.5公里Km
新莊 Xinzhuang
上員 Shangyuan
然後休息一晚,明天再隨著首班車開始一天。

車廂的今天，如同昨日，還有昨日之前的每一天。
平常的車廂，平常的型態。
還有些看似不影響的日常小細節……

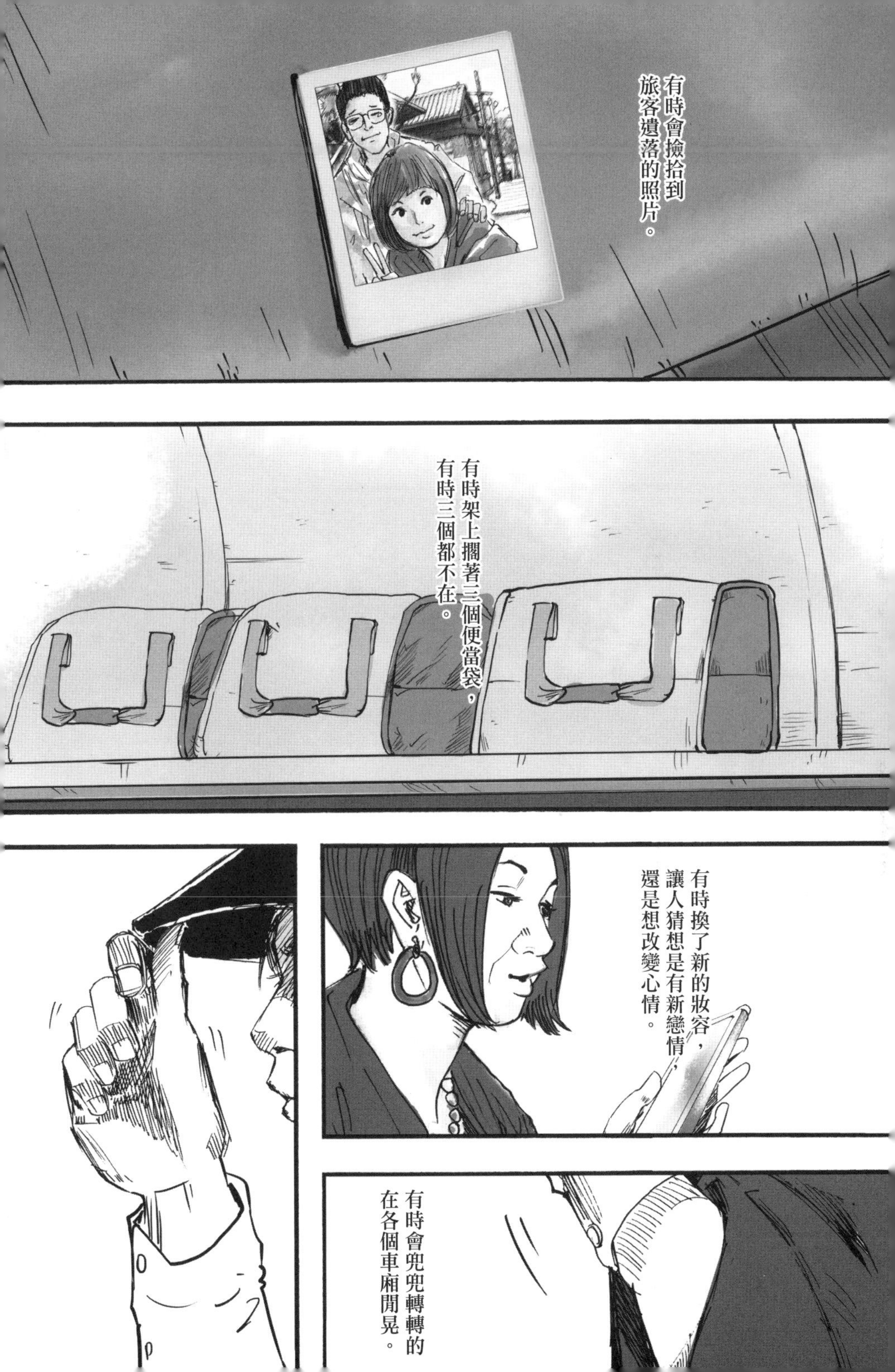
有時會撿拾到旅客遺落的照片。
有時架上擱著三個便當袋，有時三個都不在。
有時換了新的妝容，讓人猜想是有新戀情，還是想改變心情。
有時會兜兜轉轉的在各個車廂閒晃。

謝啦！春生^^
李秋芬
有時會發現期待。
唧！唧！唧！
春天在期待秋天
下一個夏天可否相遇……

第三樂章

秋雨彈奏的華爾滋

溫柔深情的慢板

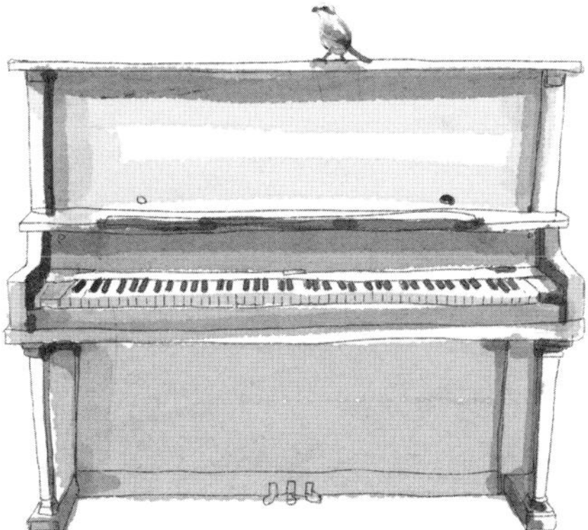

有人天性是候鳥，有人是座島，

島不在意候鳥的離去，因爲遷徙是天性。

但總有一天，候鳥會再次回到島上……

從車窗外看出去，
掠過的風景像是
被吞蝕的過去。
火車繼續前行。
妳專注地看著遠方。
我想，到終點前
妳都不會發現
我一直在妳後面。
於是，
我下了車。

回到我們認識的島上。

喀隆！
喀隆！
喀隆！

嗶!
鈴!
鈴!
回程見囉，清明叔。
嘟嘟嘟嘟!

月台，
是一座島。
迎人來，送人走。
我是島主。
眼看很多相逢與離別，
卻都與我無關。
難免落寞、孤獨。
很多年以前，
我曾把這樣的感受
跟一個女孩說。
她說，怎麼會？

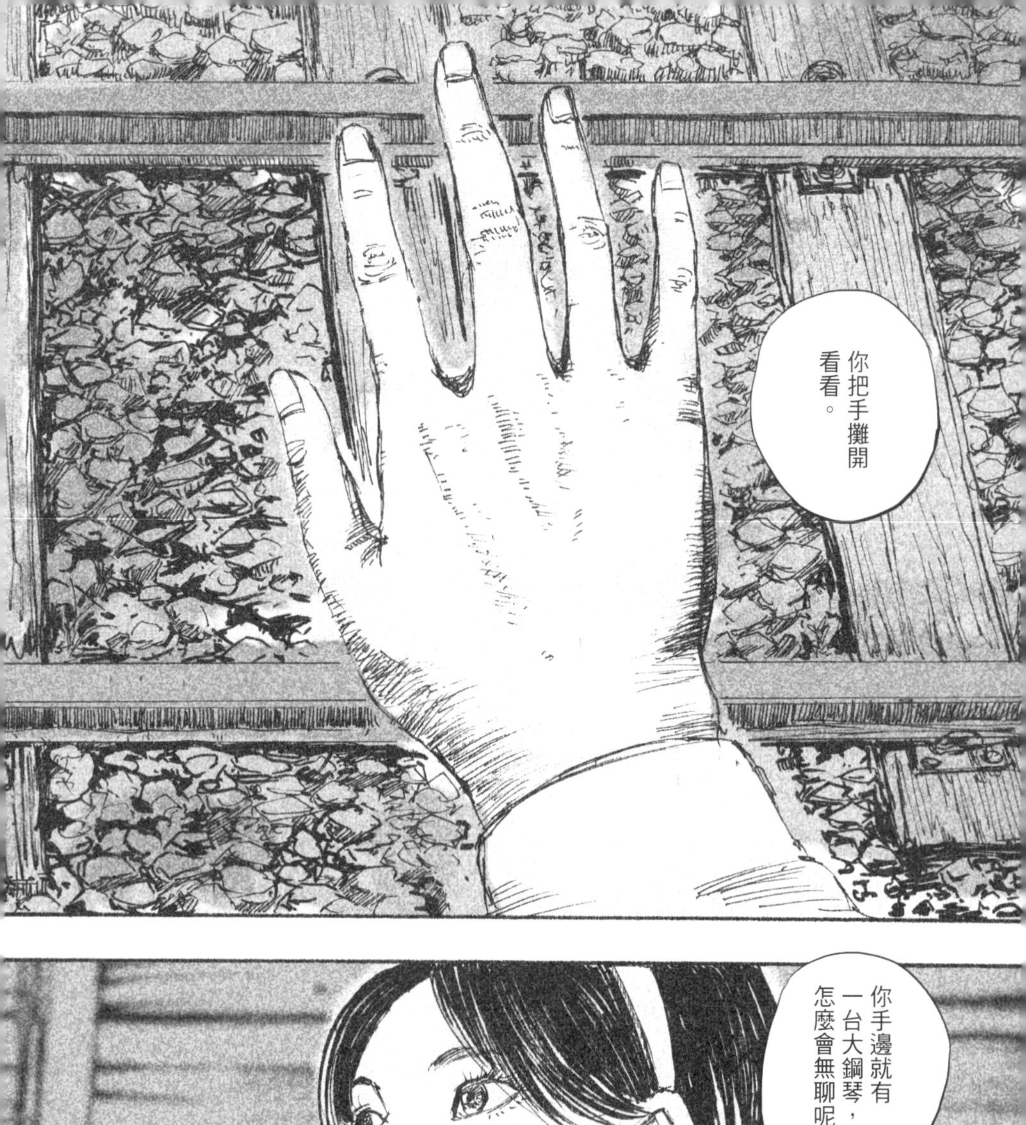
你把手攤開看看。

你手邊就有一台大鋼琴，怎麼會無聊呢？

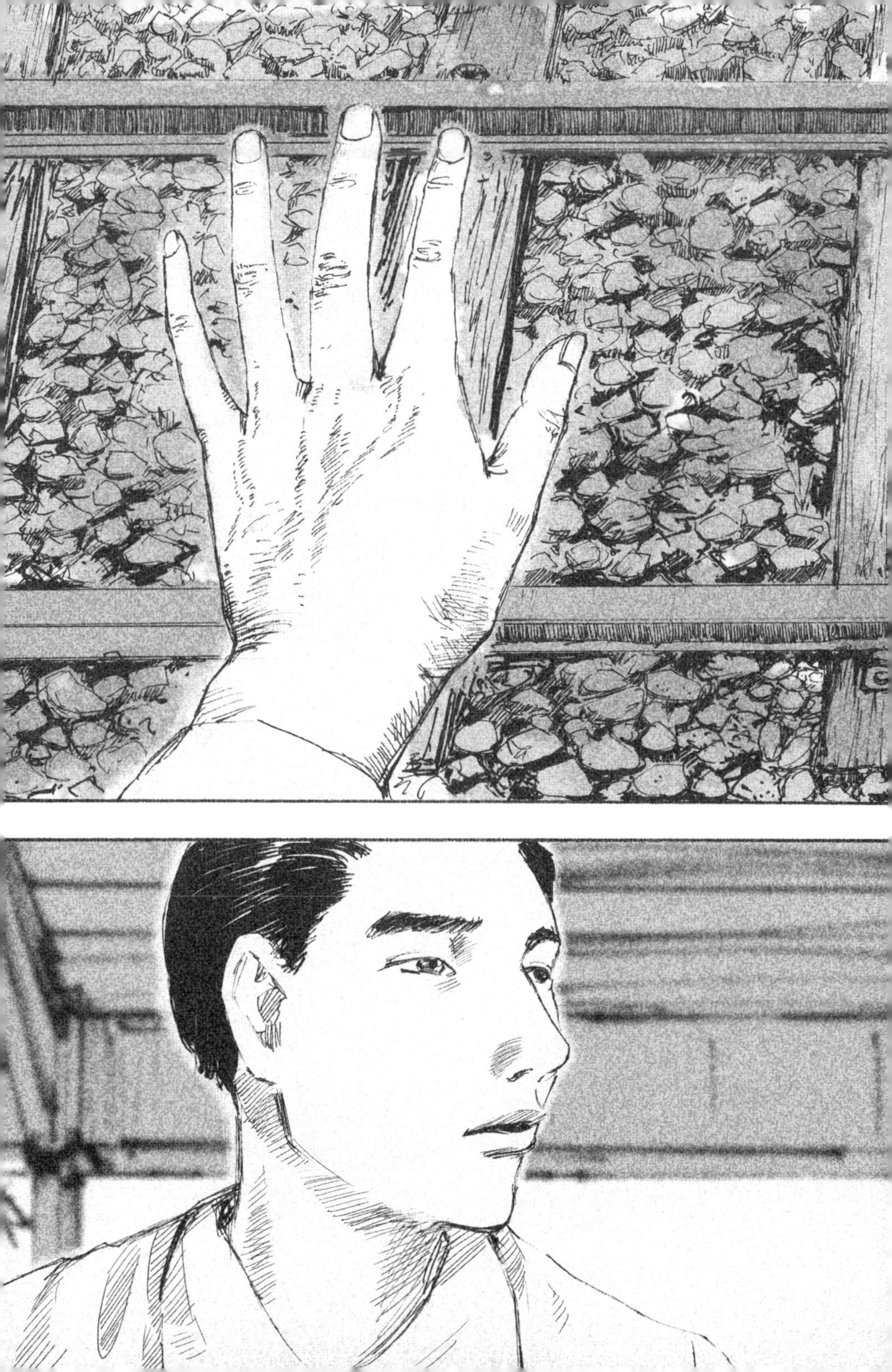

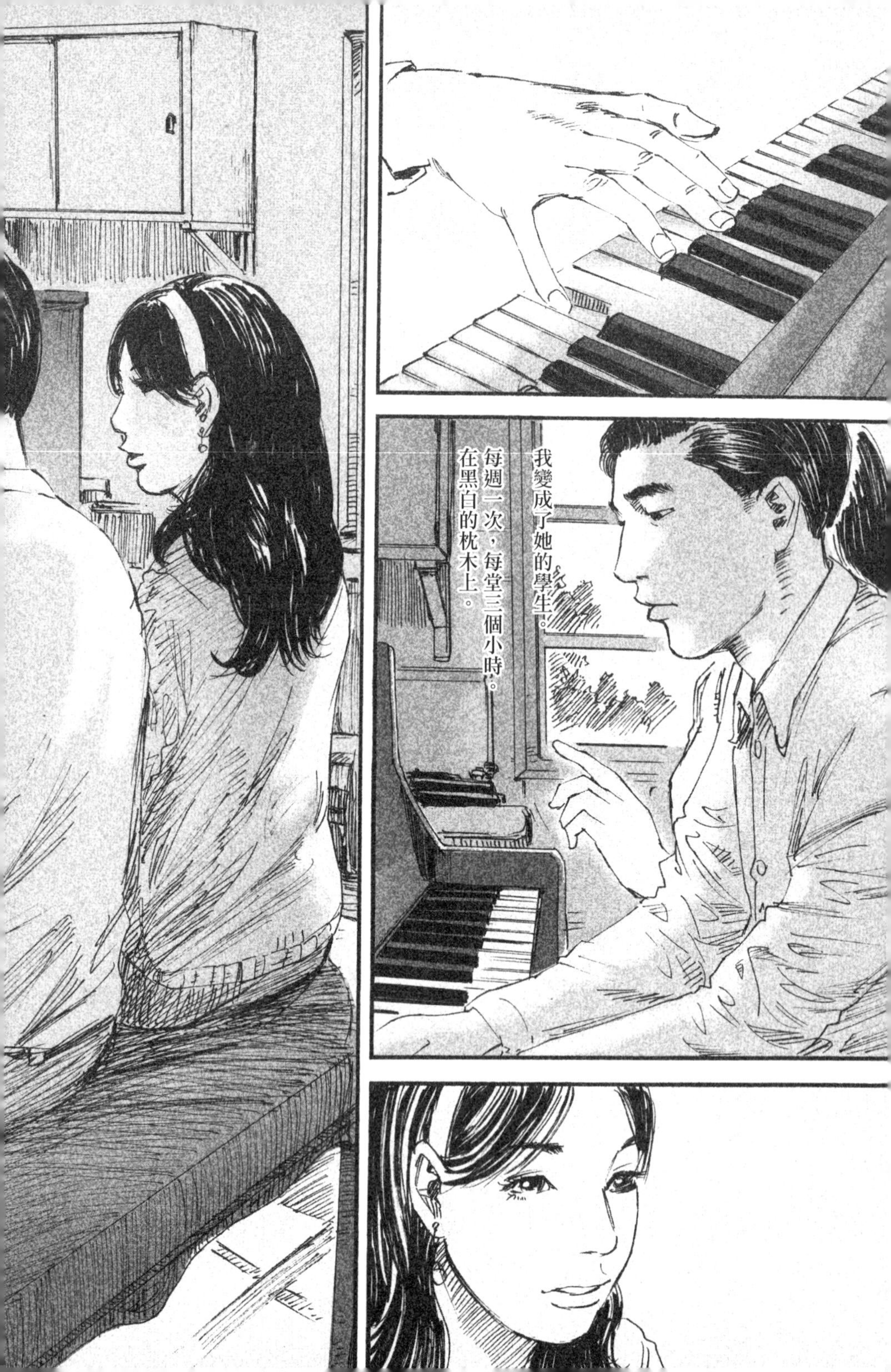
我變成了她的學生。
每週一次，每堂三個小時。
在黑白的枕木上。

她叫劉雨柔，主修鋼琴。
安排一堆曲目要我練習，
我沒多問。
從小我就什麼都依著她。
沒辦法，
她是我指腹為婚的未婚妻。
唔！
你又皺眉頭！再皺我就用膠帶黏起來！
唉喲——我一專心就這樣啊。
不管！不然你每皺一次，就加練習一次！
不過，隨著長大，都會想掙脫大人的話。
我們協議假扮男女朋友，
即便，我真的一直喜歡著她。

阿公！你又跑來這裡！你會害我被小老闆罵的。
走，下班了。
是嗎？今天我值夜班。
是後天啦——
這裡不是解除站務了？
是啊。不過島主他呀……
他太經常回憶過去，所以回不了現在。
後天嗎……
是的。

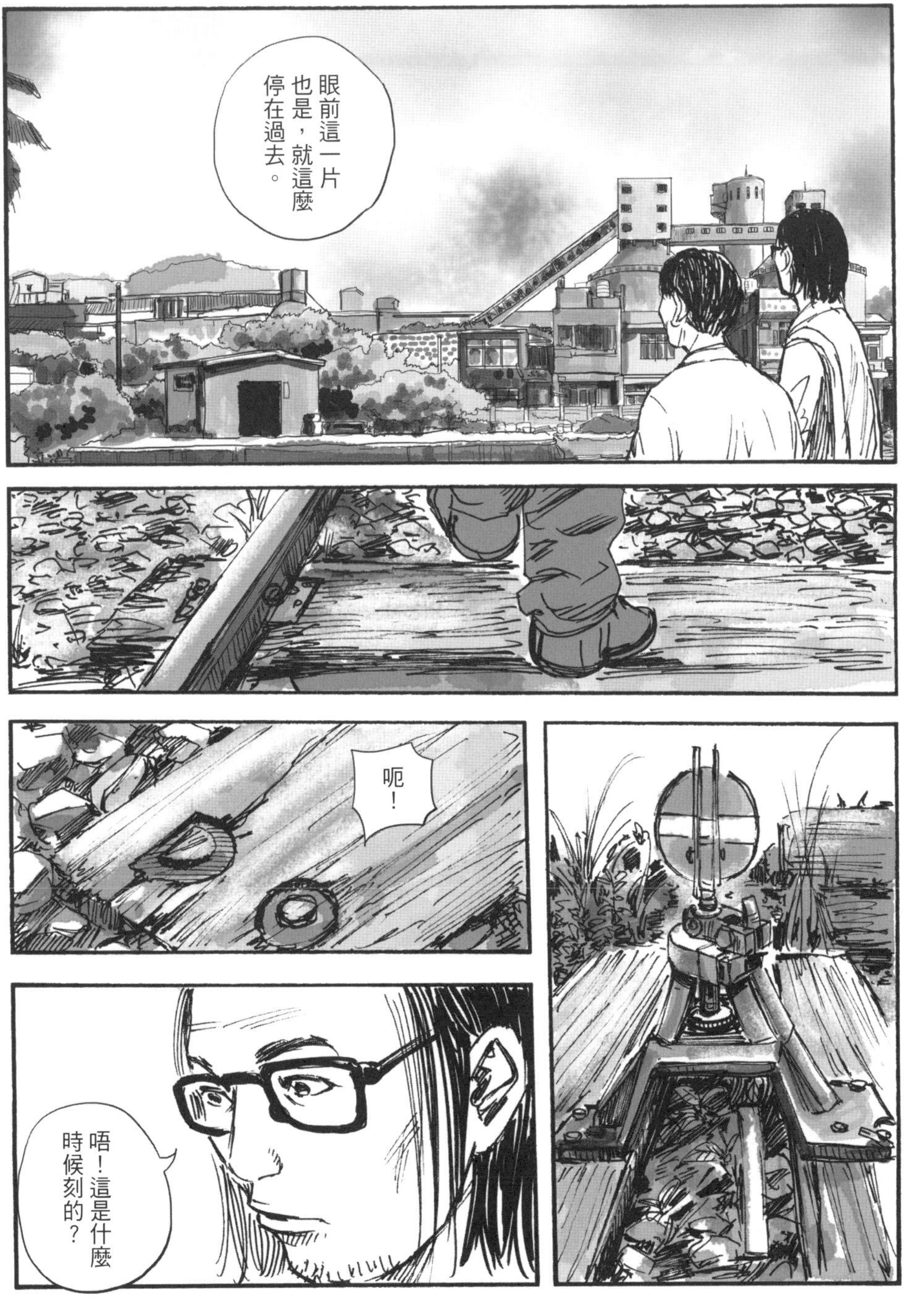
眼前這一片
也是，就這麼
停在過去。
呃！
唔！這是什麼
時候刻的？

你那邊有發現嗎？
呼呼！沒有！
呼！
呼！
去那邊找找！
可惡！
如何？安全了嗎？
嗯……應該吧。
哈哈！好刺激喔！
刺妳的頭啦！
被抓到我鐵定丟工作！
……
拜託！我是為你設想耶，這樣平常可以練習呀。

耳環！妳的一隻耳環掉了！
是珍珠的，很貴重吧！
喂！阿清別找了！
唔！妳幹麼？

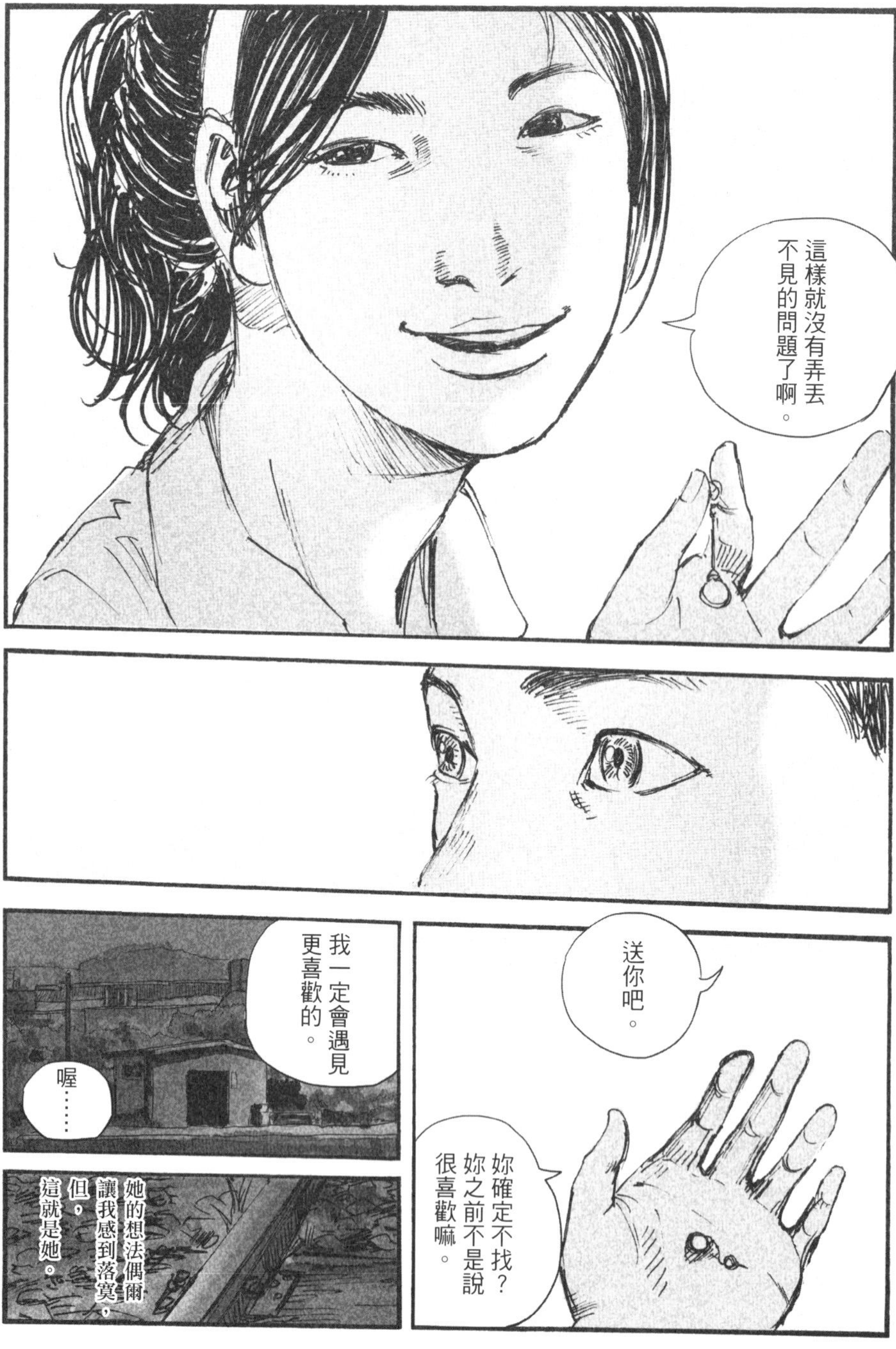
這樣就沒有弄丟不見的問題了啊。
送你吧。
妳確定不找？妳之前不是說很喜歡嘛。
我一定會遇見更喜歡的。
喔……
她的想法偶爾讓我感到落寞，但，這就是她。

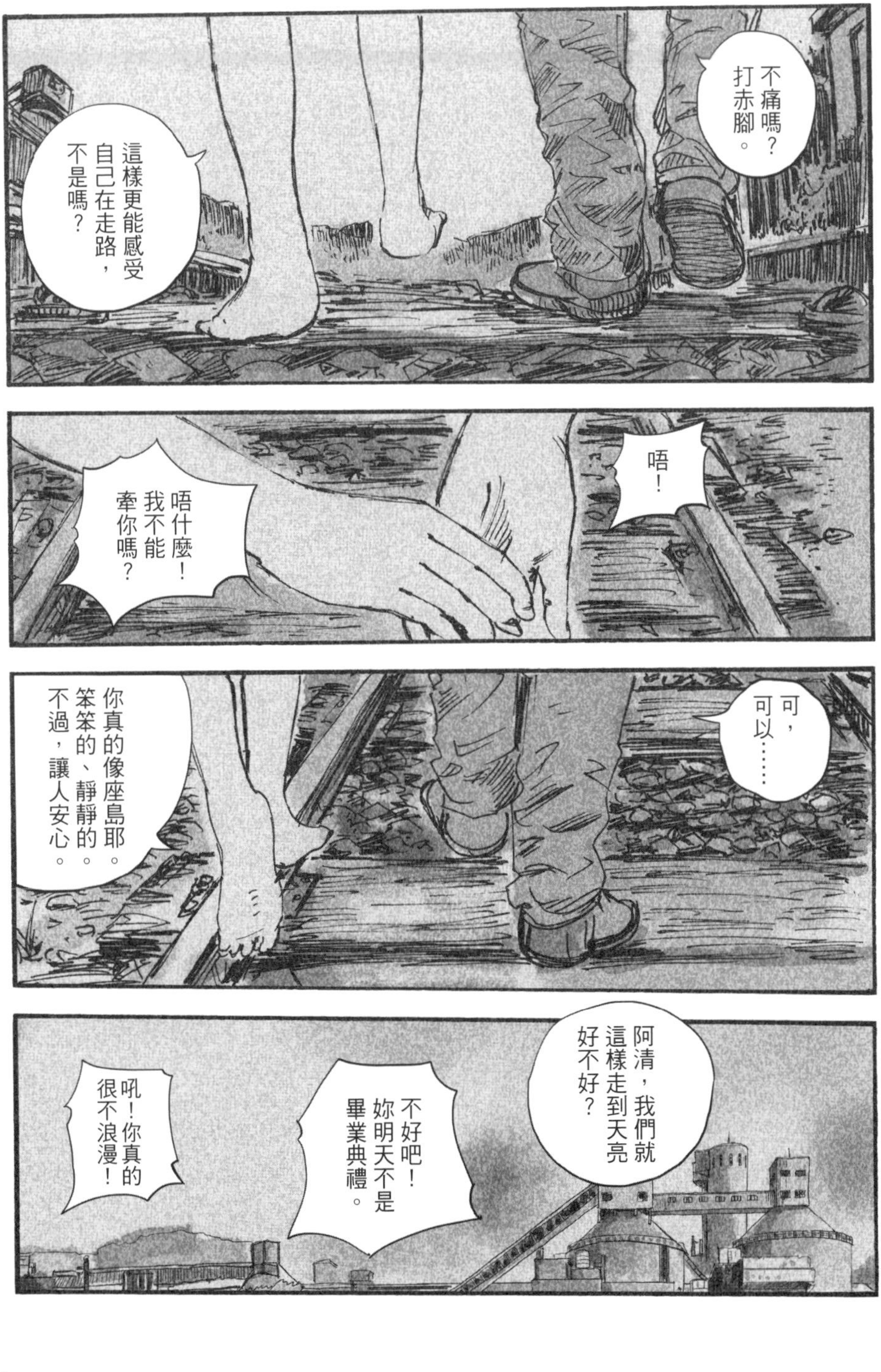
不痛嗎？打赤腳。
這樣更能感受自己在走路，不是嗎？
唔！
唔什麼！我不能牽你嗎？
可，可以……
你真的像座島耶。笨笨的、靜靜的。不過，讓人安心。
阿清，我們就這樣走到天亮好不好？
不好吧！妳明天不是畢業典禮。
吼！你真的很不浪漫！

走到
我想我無法反駁
在眾多追求者中我是不
我能做的，是讓她在我身旁
63年10月19日.

我忘記是什麼時候開始看父親的日記。
應該是從他忘記日記是他寫的那天開始吧。
看了日記後，才知道小時候聽的那一套他跟媽媽的故事，都是他編的。
不過我很感激他願意編故事，補足我年幼時的疑問。
今天是最後一堂
她和我約在月

你都沒想過要離開這裡嗎？
有啊，明年想去花蓮玩。
笨阿清！
我的意思是換一種人生，換一種生活方式。
我不太懂妳說的換一種人生。
松鼠就是住樹上，去到美國也是住樹上不是嗎？
你該不會在等著和我結婚吧？
哪，哪有！那是長輩們一廂情願……
我想離開這裡已經很久了。
畢業是個契機吧。

阿清，
我們私奔吧！
咦！私……私奔！

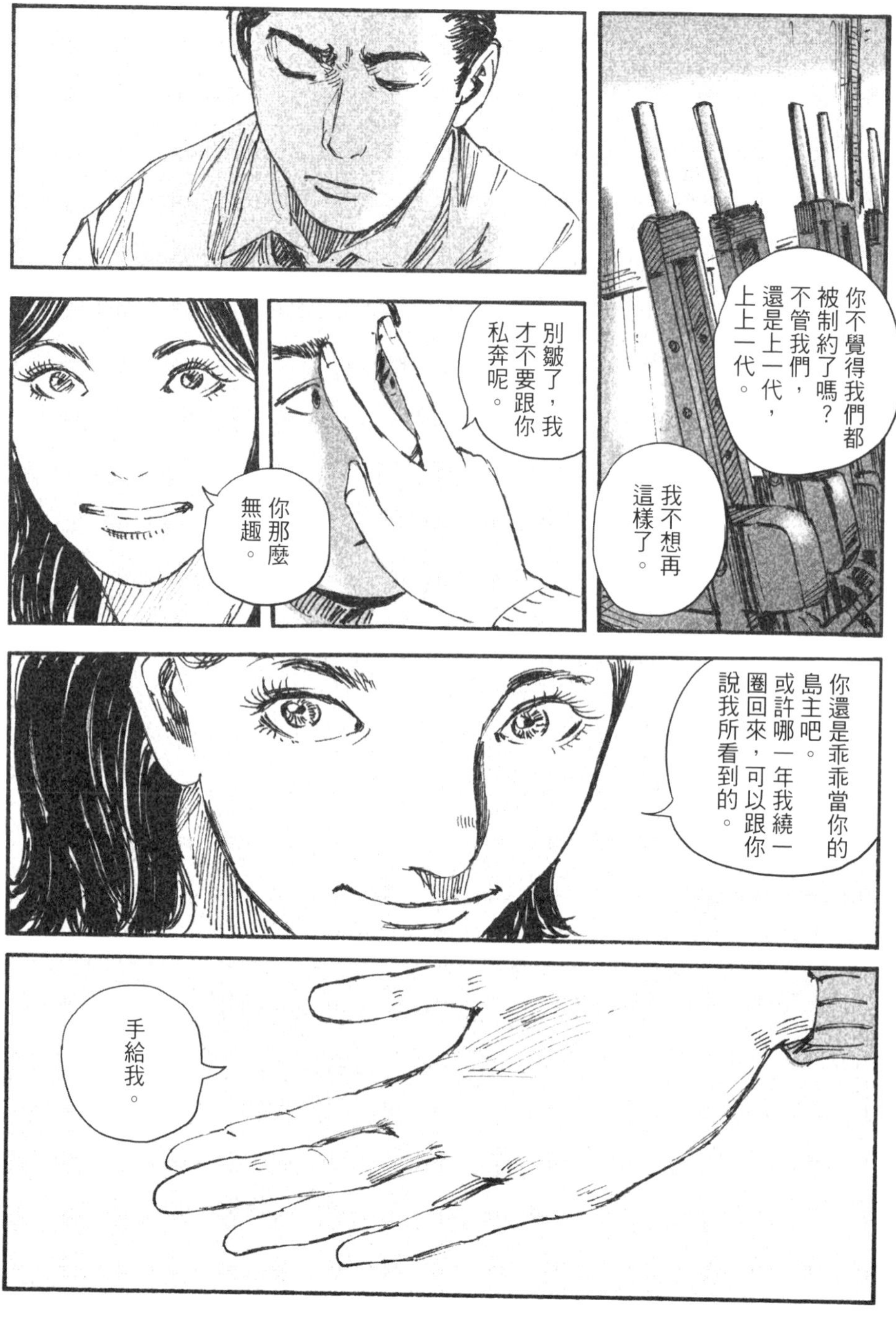
你不覺得我們都被制約了嗎？不管我們，還是上一代，上上一代。
我不想再這樣了。
別皺了，我才不要跟你私奔呢。
你那麼無趣。
你還是乖乖當你的島主吧。或許哪一年我繞一圈回來，可以跟你說我所看到的。
手給我。

最後一堂課，我們在枕木上演奏吧。
可是，我不會跳舞。
跳舞，只要進退的時候別踩到對方就行了。

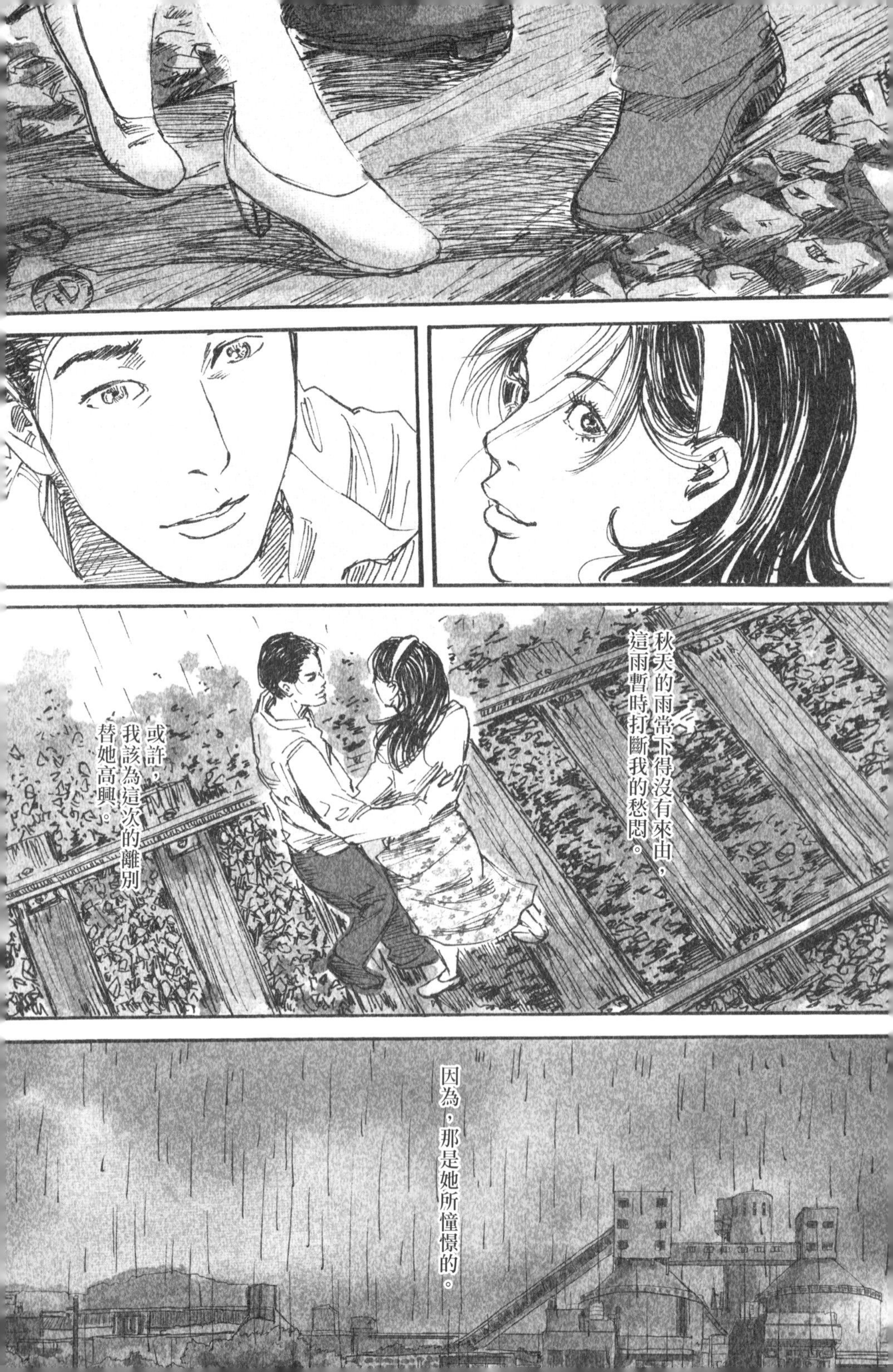
秋天的雨常下得沒有來由，
這雨暫時打斷我的愁悶。
或許，
我該為這次的離別
替她高興。
因為，那是她所憧憬的。

隆隆！
隆隆！
她的離開
似乎抽走了時鐘裡的某個零件，
日子開始變得緩慢。

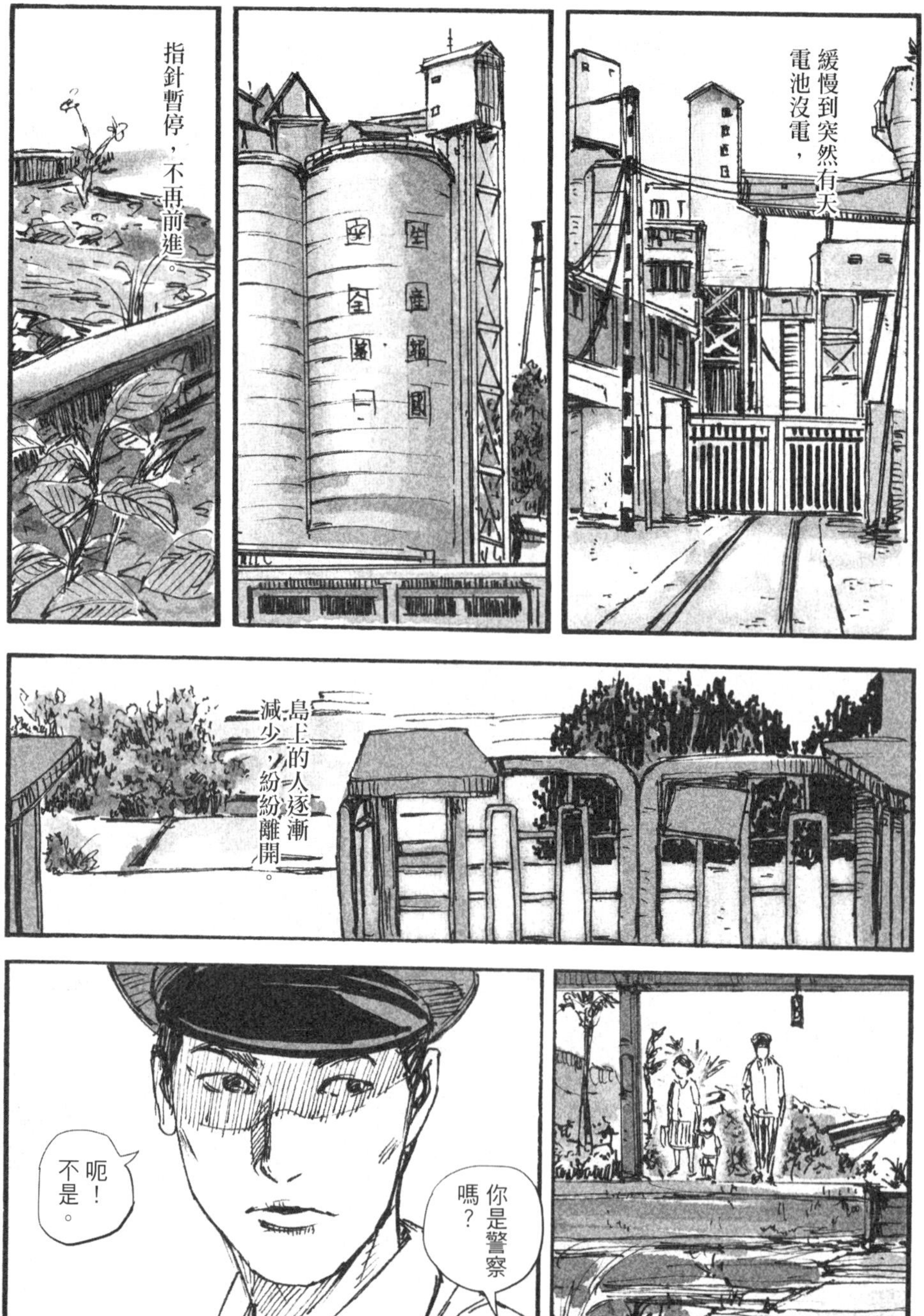
緩慢到突然有天
電池沒電，
指針暫停，不再前進。
島上的人逐漸減少，紛紛離開。
你是警察嗎？
呃！不是。

那怎麼穿得像警察？
小旭，不能沒禮貌。
阿清。

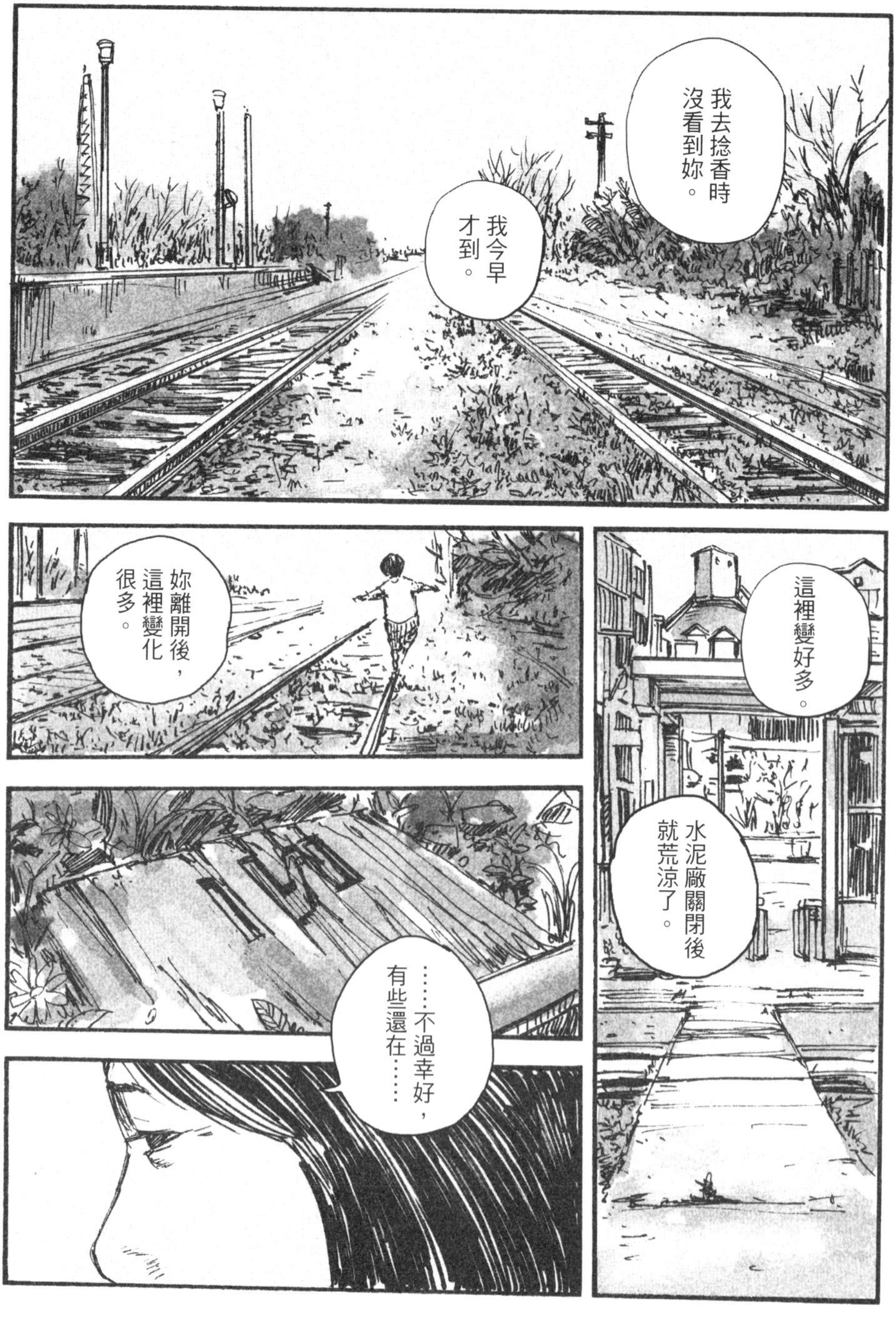
我去捻香時沒看到妳。
我今早才到。
這裡變好多。
妳離開後，這裡變化很多。
水泥廠關閉後就荒涼了。
……不過幸好，有些還在……

站務室要關閉時，我把鋼琴搬回家了。
偶爾才彈，妳呢？
現在應該揚名國際了吧。
十幾年沒碰了。

久別難免沉默。
想說的話過了十幾年，
是支離破碎的。
五歲了嗎？
都快七歲了。
小旭，別跑太遠。
好！
妳……
打算在這裡待幾天？
等我爸的喪事告一段落就走。

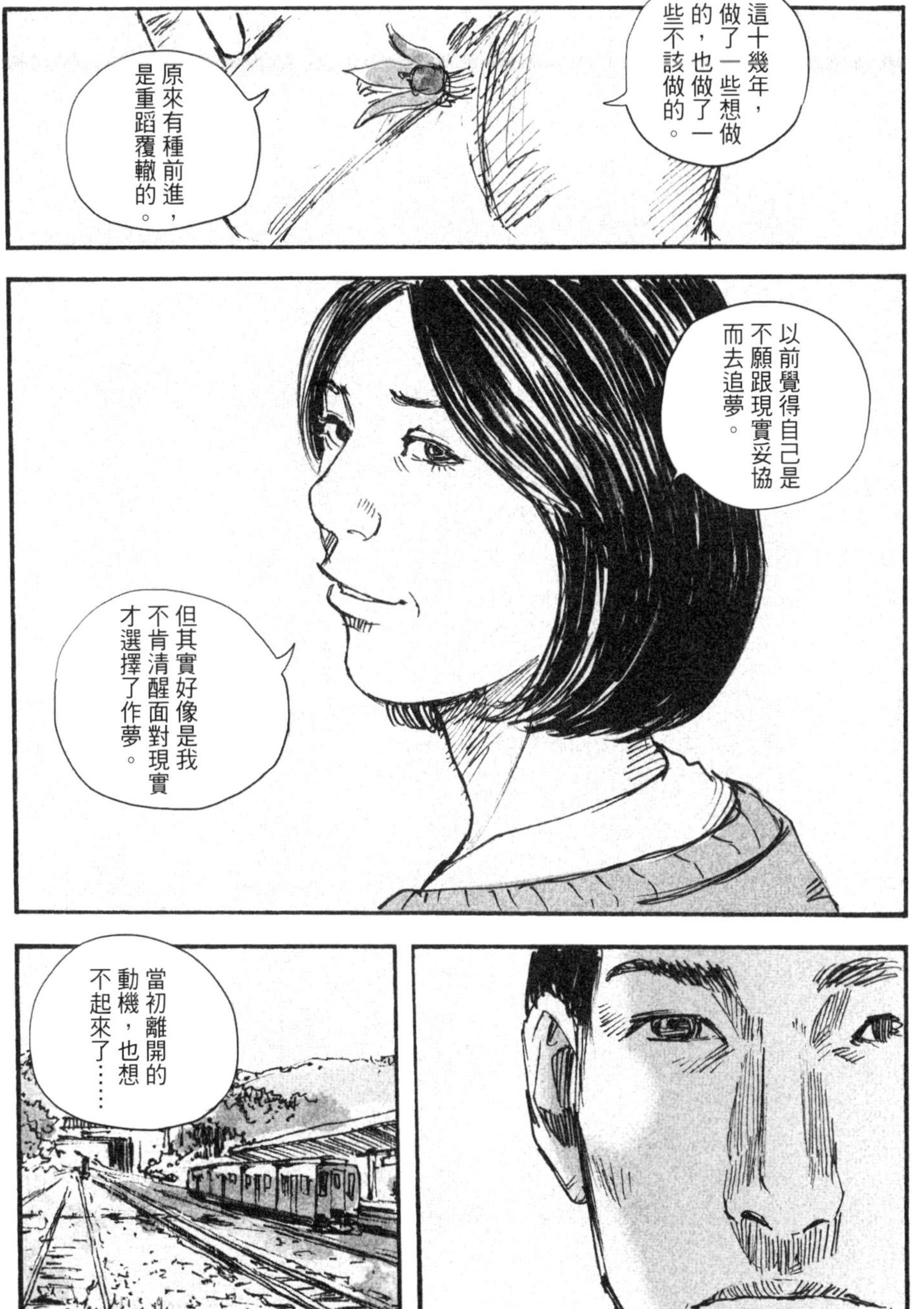
這十幾年，做了一些想做的，也做了一些不該做的。
原來有種前進，是重蹈覆轍的。
以前覺得自己是不願跟現實妥協而去追夢。
但其實好像是我不肯清醒面對現實才選擇了作夢。
當初離開的動機，也想不起來了……

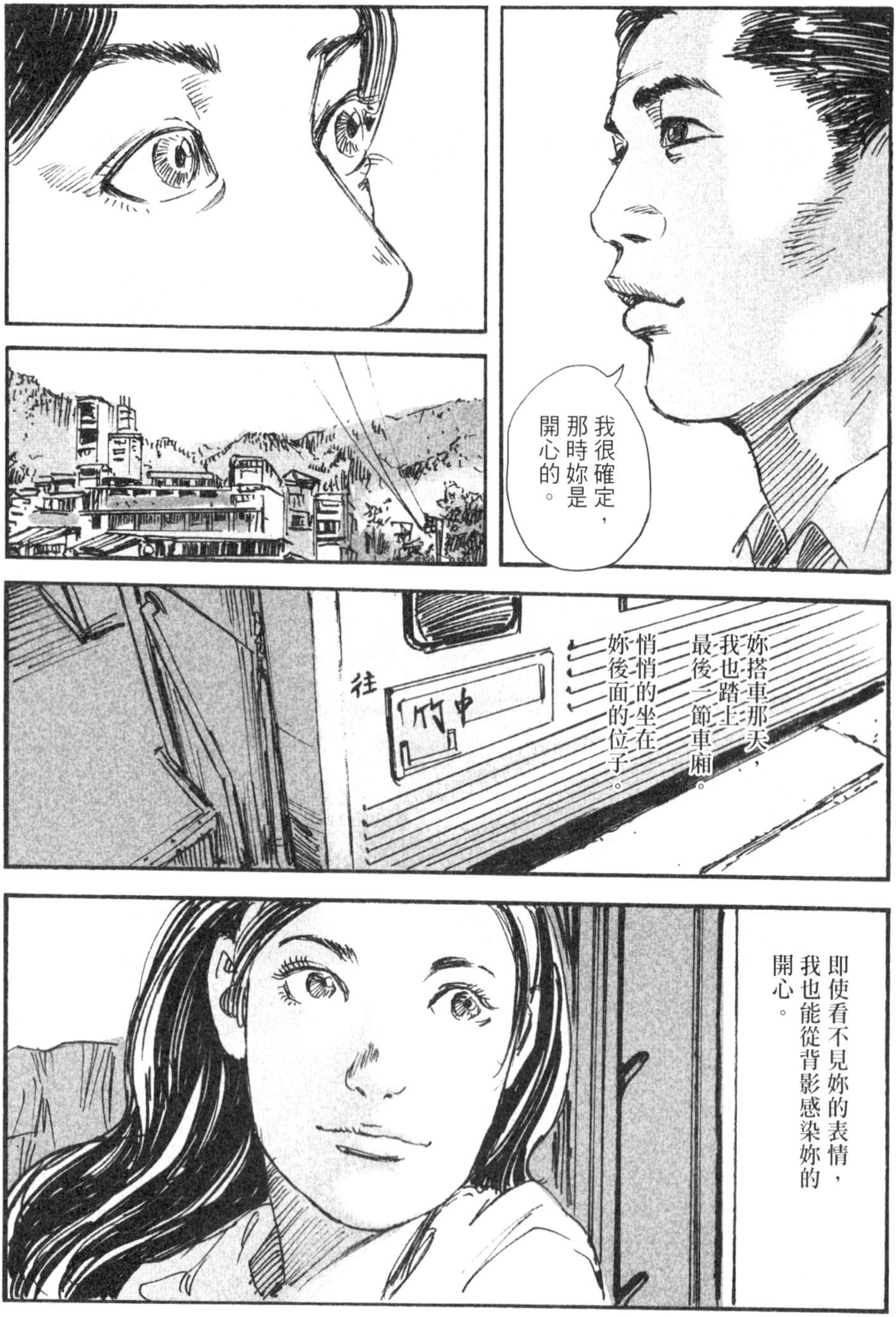
我很確定，那時妳是開心的。
妳搭車那天，我也踏上最後一節車廂。悄悄的坐在妳後面的位子。
往
竹中
即使看不見妳的表情，我也能從背影感染妳的開心。

我打消要妳跟我
下車的念頭。
我看見妳前往未知的
勇氣。
相形的，感覺自己
顯得薄弱……
月台越來越小，
像是島被海吞了進去。
會不會哪天妳回來，
連靠岸的島都不見了……
我在橫山站下車，
看著車再次離開。
我沿著鐵道往回走。
妳總有一天
會回來島上吧。
我這樣想著。

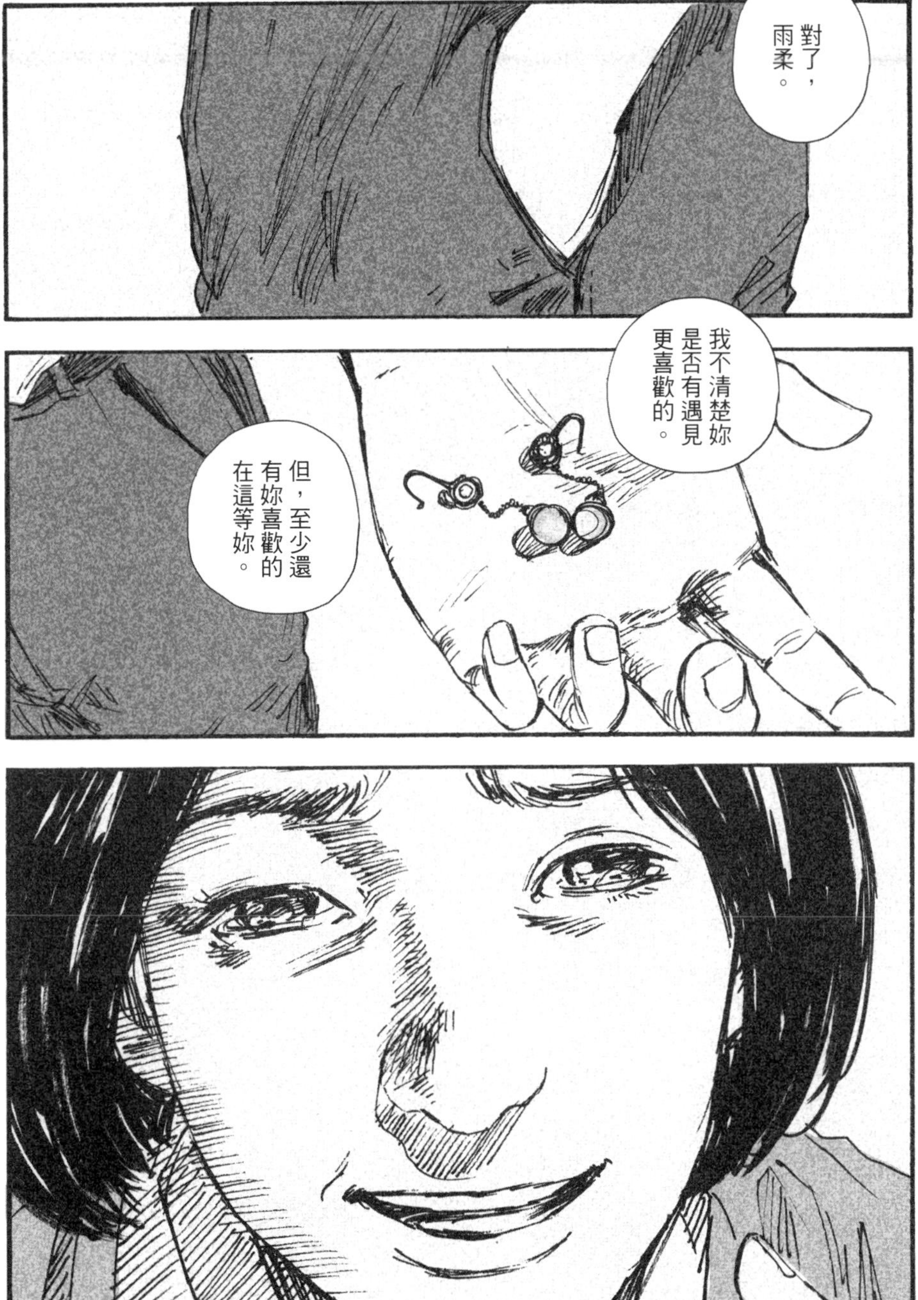
對了，雨柔。
我不清楚妳是否有遇見更喜歡的。
但，至少還有妳喜歡的在這等妳。

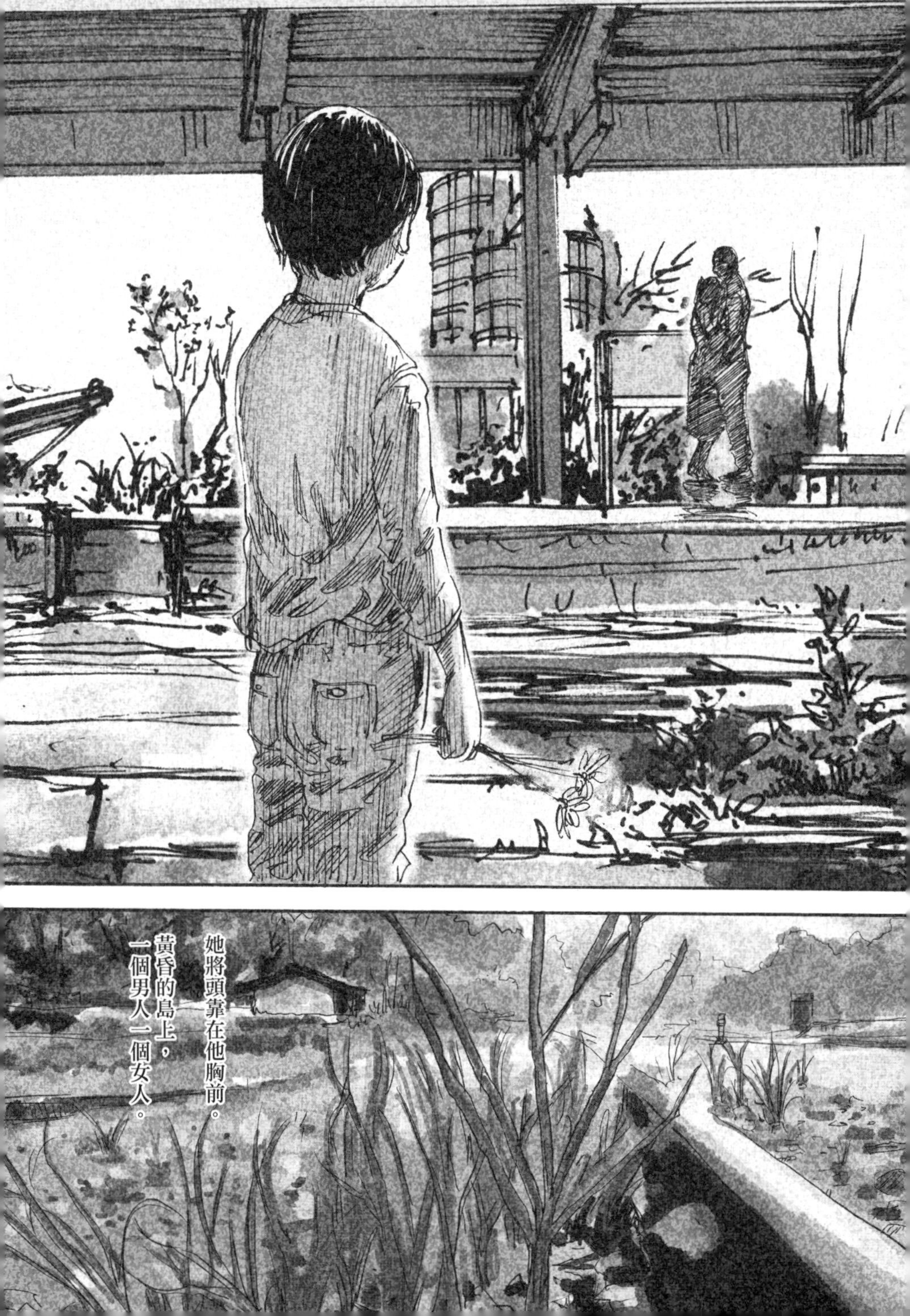
她將頭靠在他胸前。
黃昏的島上，
一個男人一個女人。

媽媽在我國三時過世。
她說那段期間
是最無趣的日子，
但是很幸福。

又皺眉頭！我真的貼膠帶喔！
求婚的曲子練習得如何呀？
什，什麼……求……求婚！
張清明！你別裝傻喔！

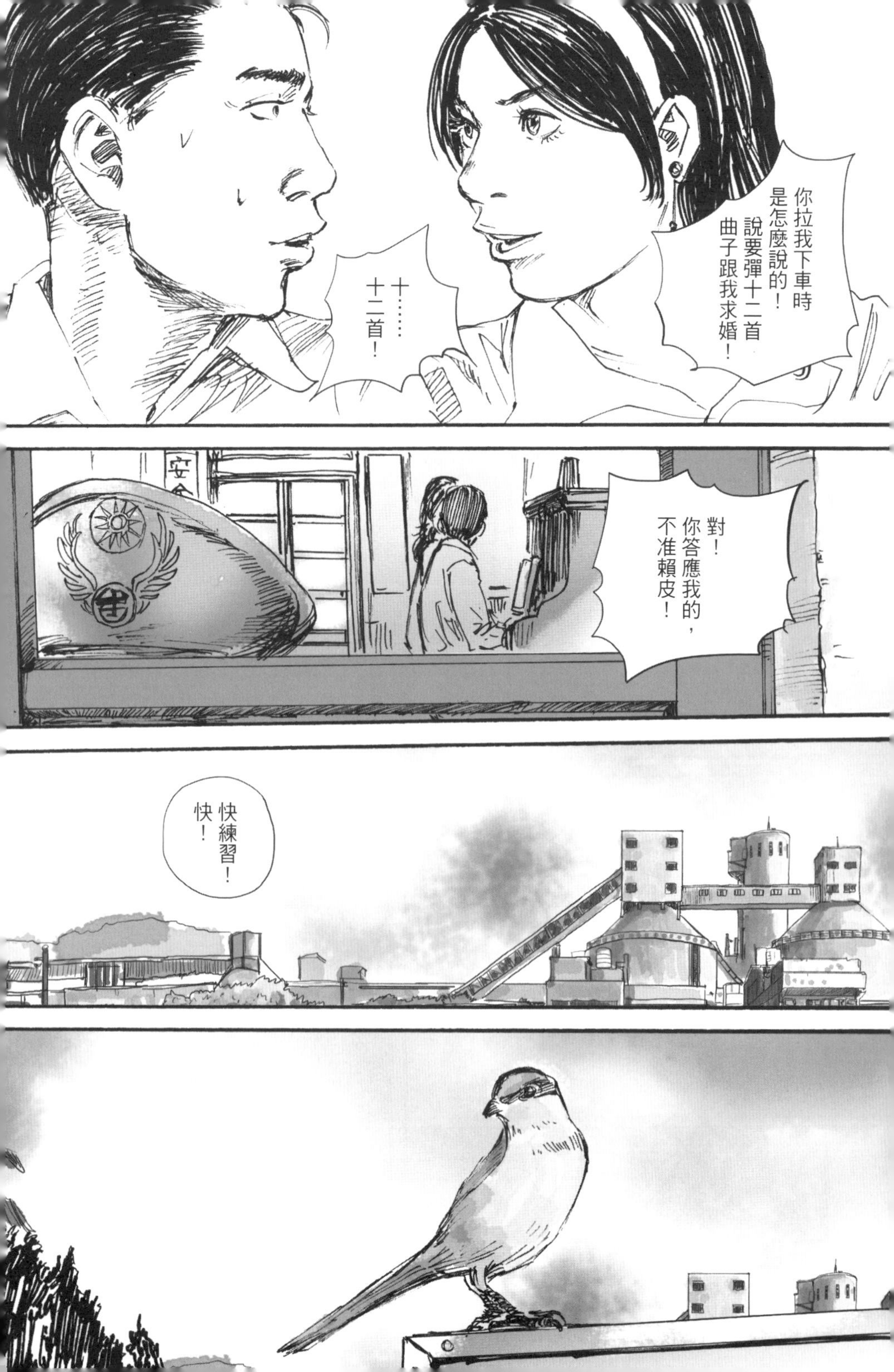
你拉我下車時是怎麼說的！說要彈十二首曲子跟我求婚！
十……十二首！
對！你答應我的，不准賴皮！
快練習！快！

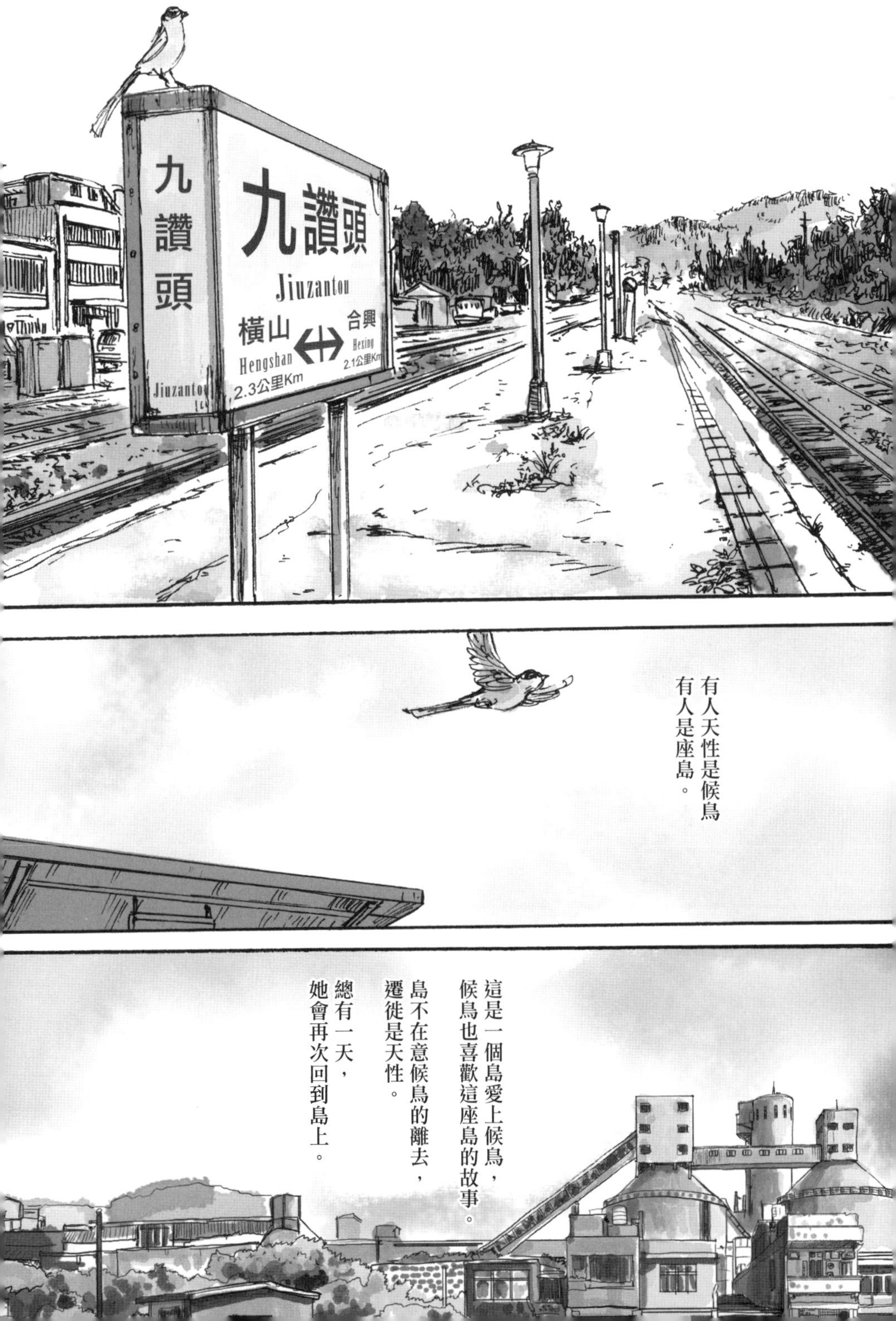
九讚頭
九讚頭
Jiuzantou
橫山
Hengshan
2.3公里Km
合興
Hexing
2.1公里Km
有人天性是候鳥
有人是座島。
這是一個島愛上候鳥，
候鳥也喜歡這座島的故事。
島不在意候鳥的離去，
遷徙是天性。
總有一天，
她會再次回到島上。

他知道，
都是天性使然，
琴聲流轉似河
沙沙！
喀！

第四樂章

冬日旅人的故事本

惆悵恬靜的行板

人，總是再見後再見。再見的間隔有多久？

也許一週，也許跨了一個季節。也許，是下一輩子……

只要——還抱持再見的期待。

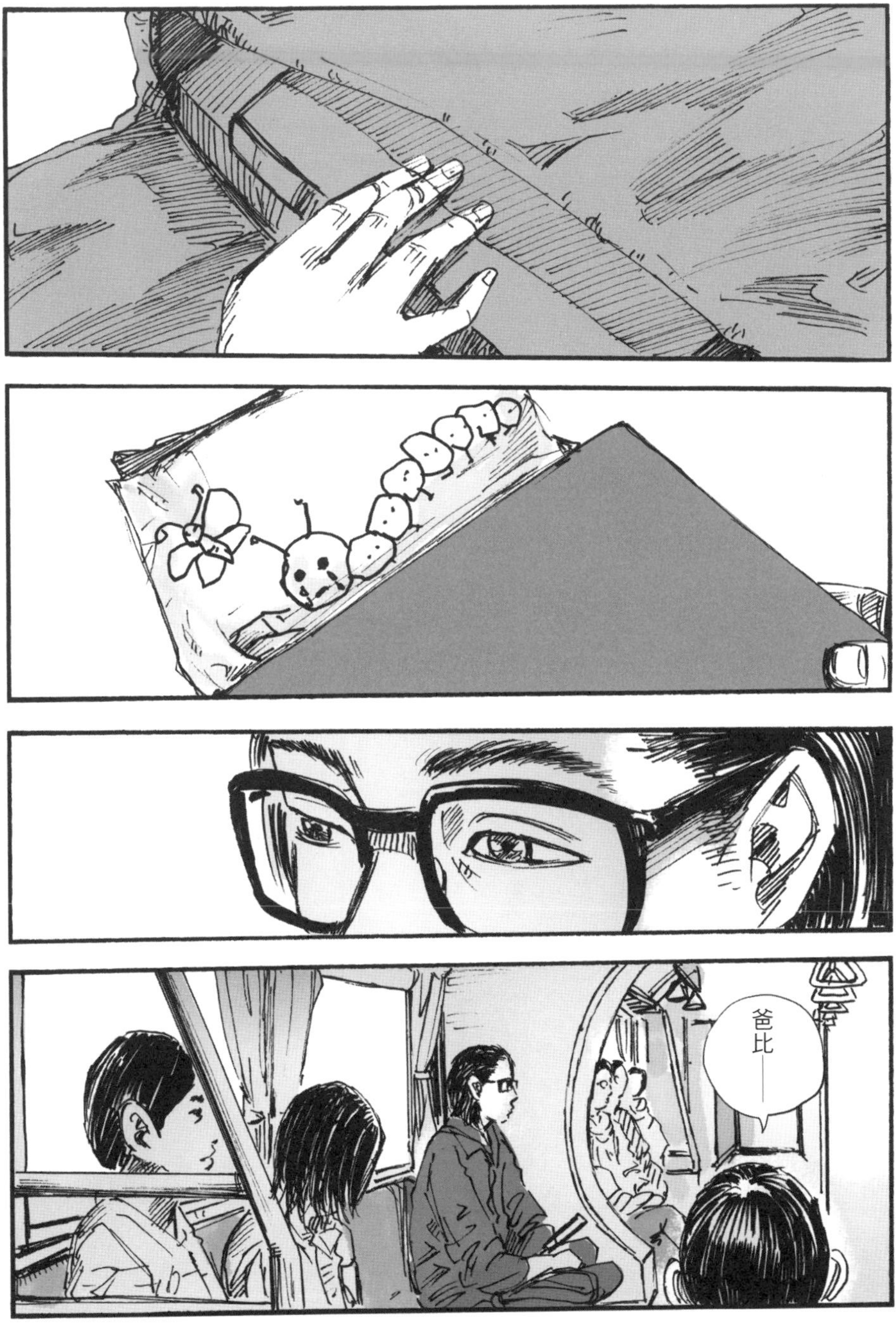
爸比——

爸比，鑰匙。
喏！拿好喔。
喀！
好了！門開了！

呵！她說拱門是鑰匙孔。
打擾你了。
不會。
以前家裡鐵門也是類似這種鑰匙。
一年前，
我走出那道灰綠色鐵門。
關上門之前，把鑰匙擱在鞋櫃上的藍色小碟子。
我確定，我將不會再用它打開什麼。

一年前——

寶鳥眼鏡
領導品牌
專業驗光
郭老師，這樣清楚嗎？
有。
我聽我兒子說，你辭去教職囉。
嗯，是的。
可惜啊，我兒子很喜歡上你的課。
剛換新眼鏡，需要一點時間適應。
如果有什麼問題，隨時來找我。
好的，謝謝。

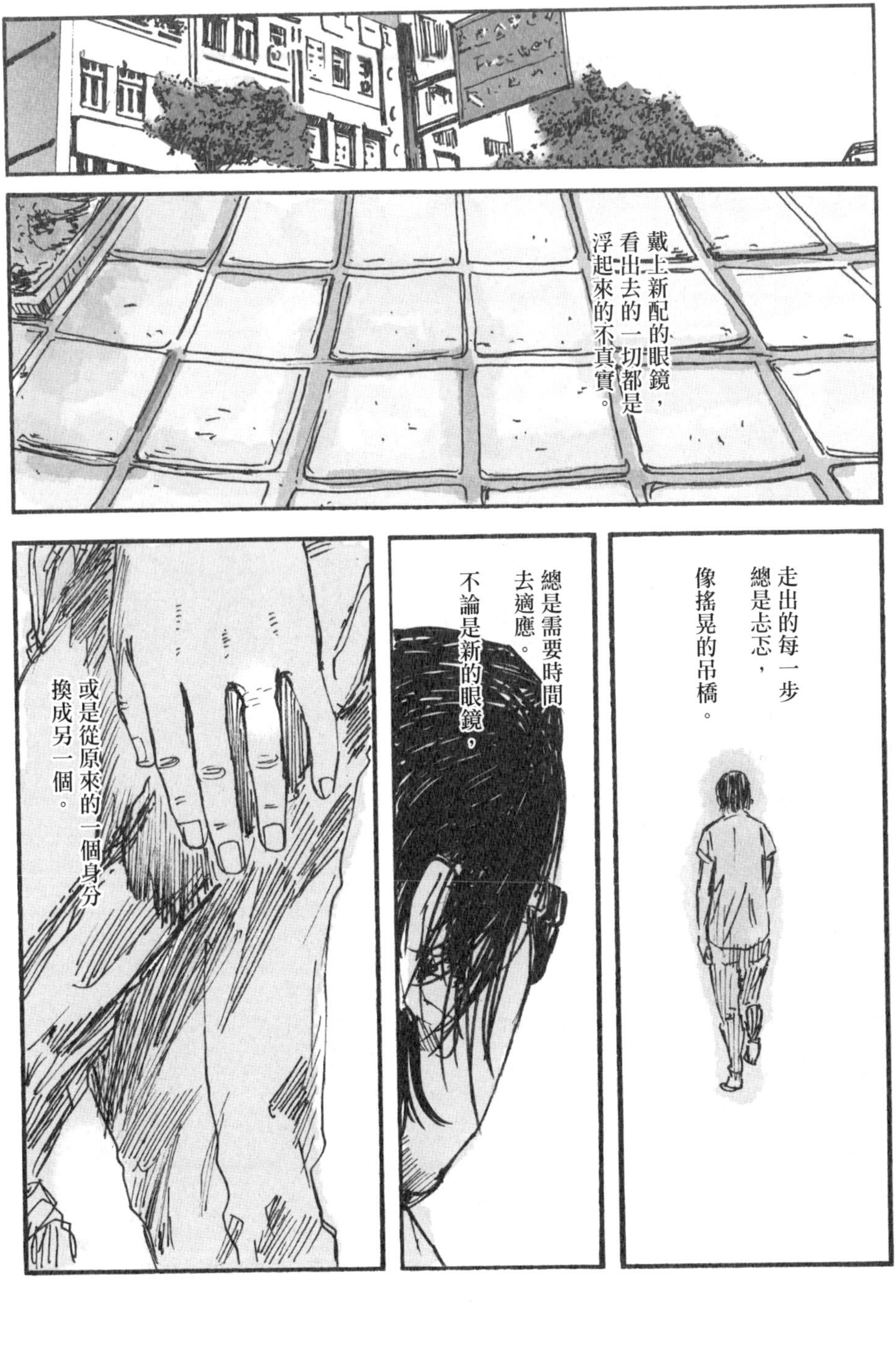
戴上新配的眼鏡，
看出去的一切都是
浮起來的不真實。
走出的每一步
總是忐忑，
像搖晃的吊橋。
總是需要時間
去適應。
不論是新的眼鏡，
或是從原來的一個身分
換成另一個。

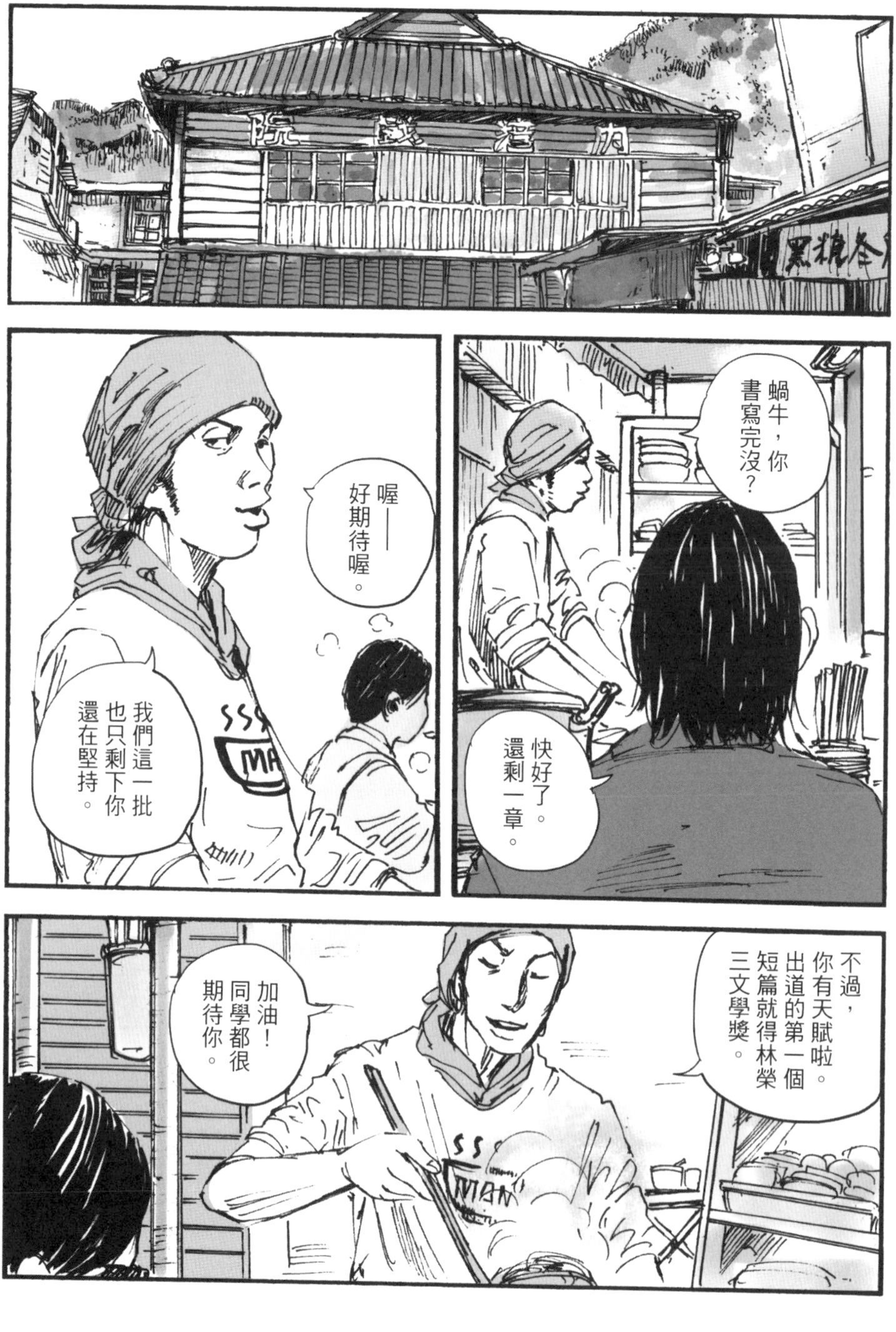
蝸牛，你書寫完沒？
快好了。還剩一章。
喔——好期待喔。
我們這一批也只剩下你還在堅持。
不過，你有天賦啦。出道的第一個短篇就得林榮三文學獎。
加油！同學都很期待你。

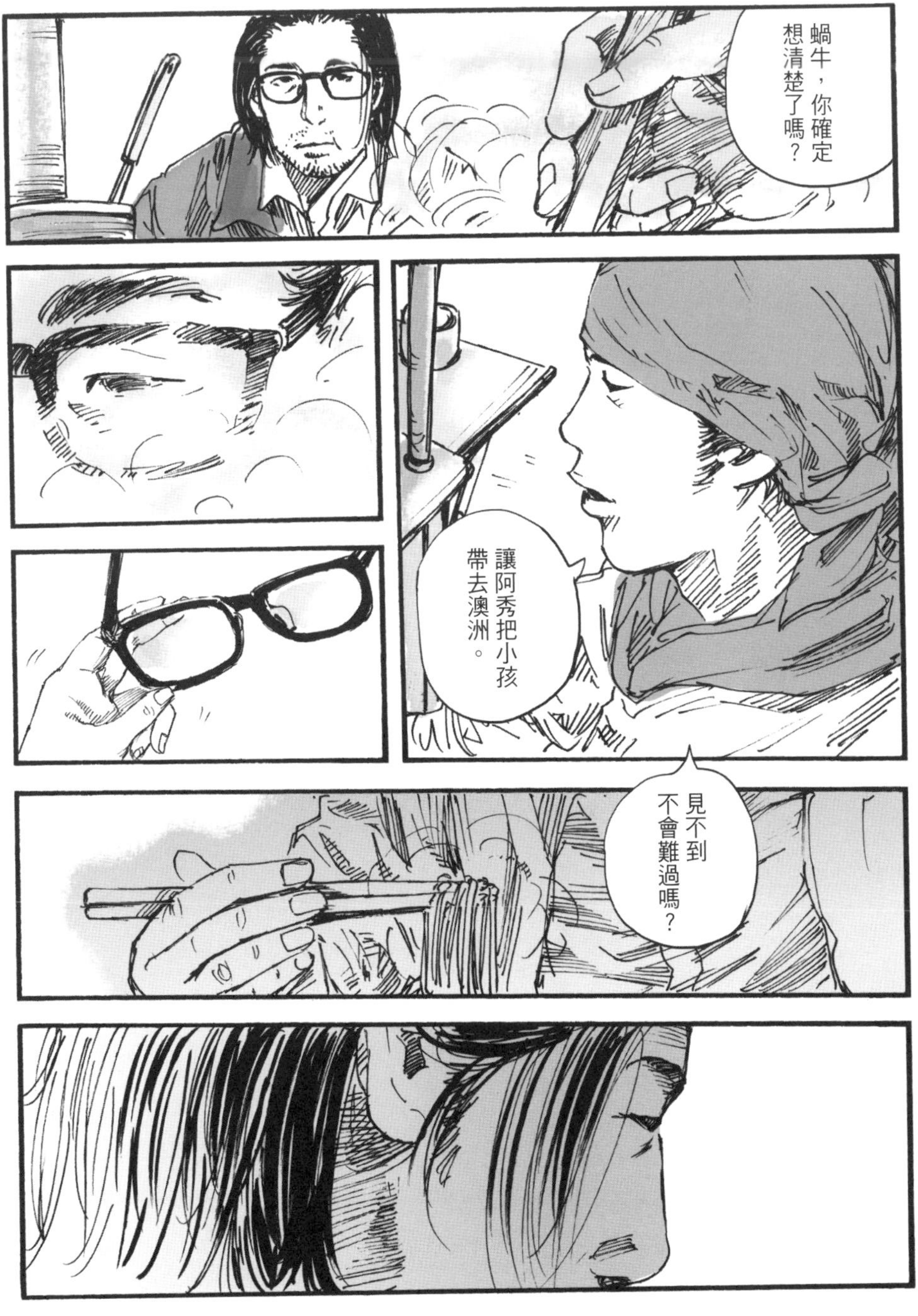
蝸牛，你確定想清楚了嗎？
讓阿秀把小孩帶去澳洲。
見不到不會難過嗎？

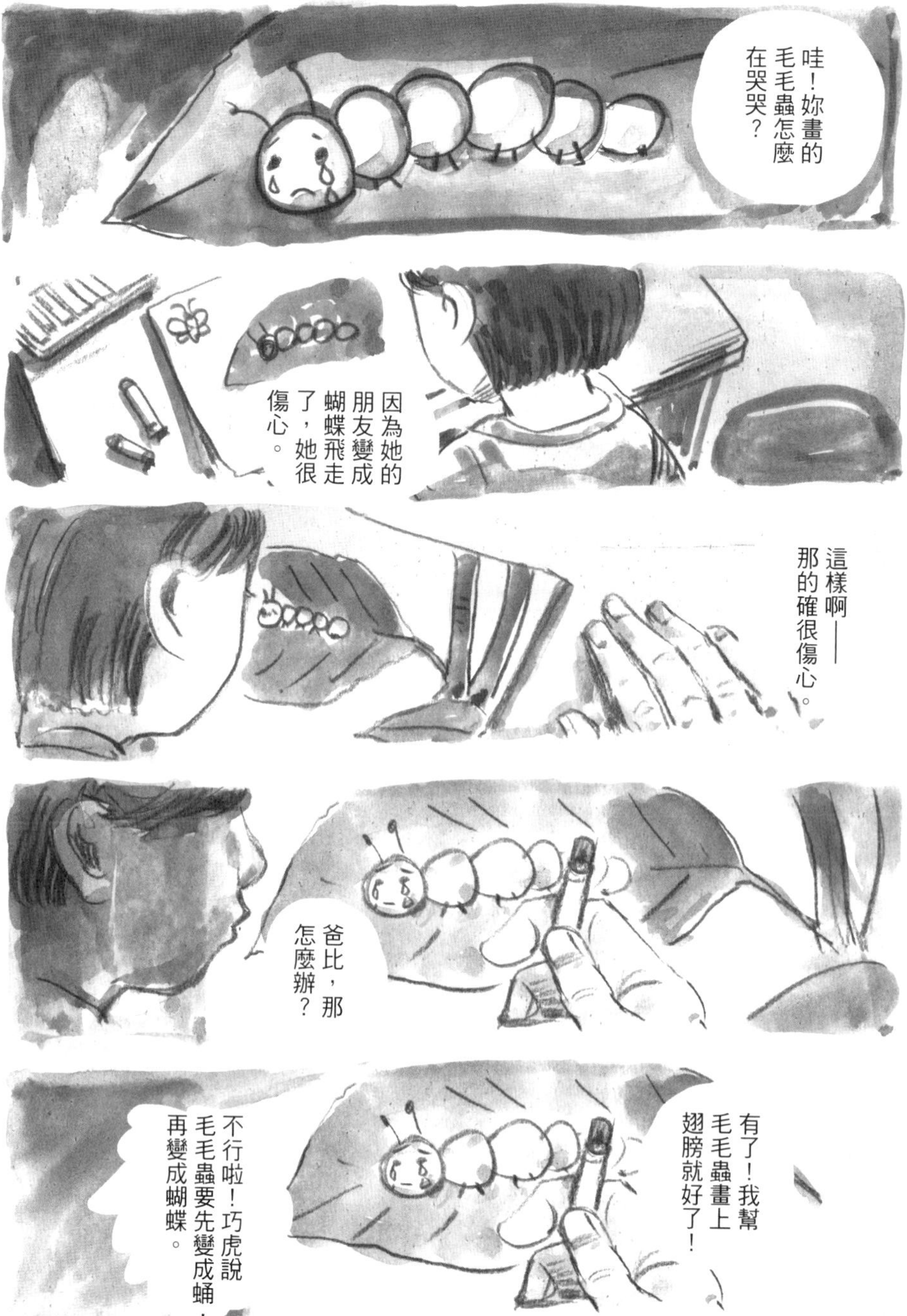
哇！妳畫的毛毛蟲怎麼在哭哭？
因為她的朋友變成蝴蝶飛走了，她很傷心。
這樣啊——那的確很傷心。
爸比，那怎麼辦？
有了！我幫毛毛蟲畫上翅膀就好了！
不行啦！巧虎說毛毛蟲要先變成蛹，再變成蝴蝶。

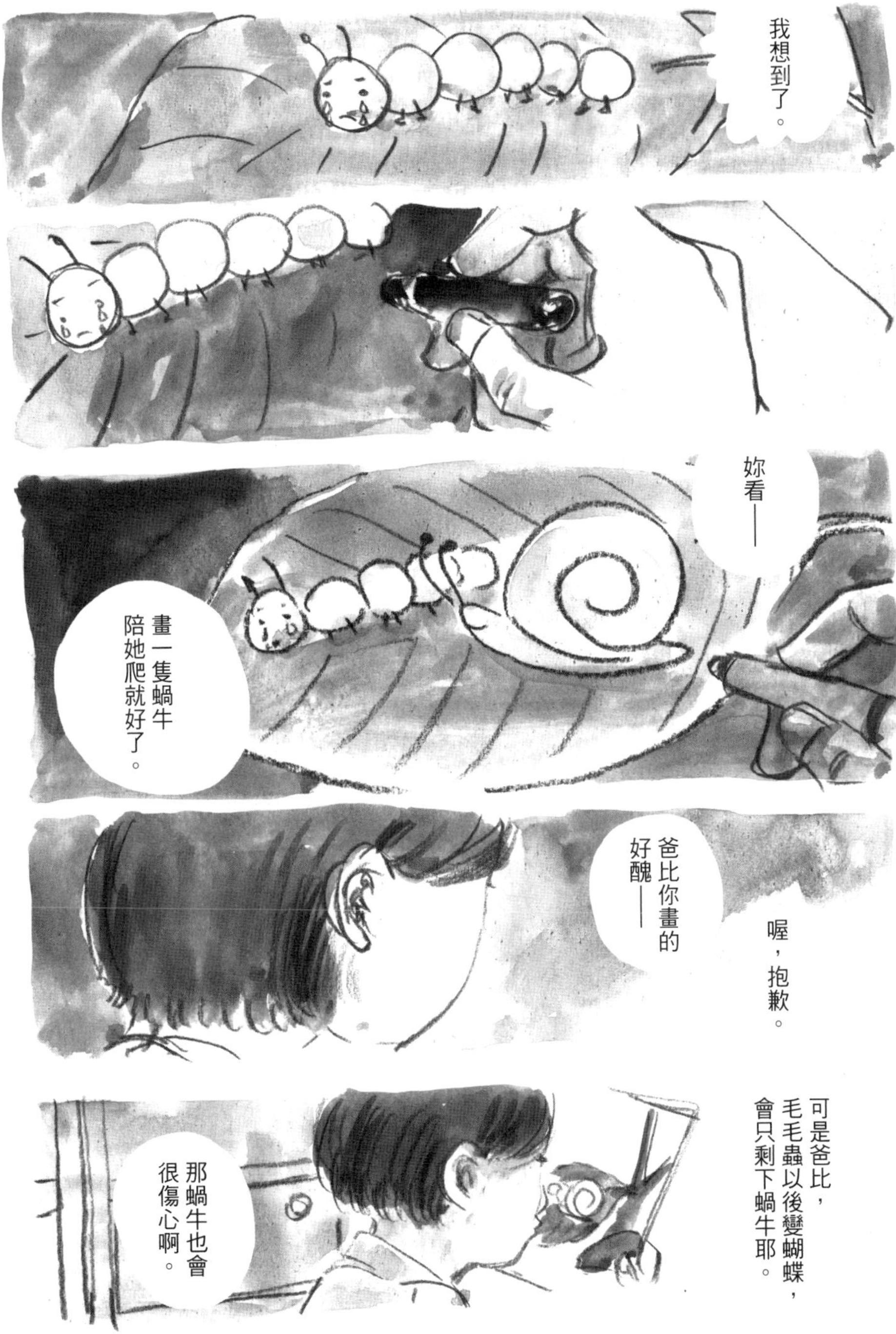
我想到了。
妳看——
畫一隻蝸牛陪她爬就好了。
爸比你畫的好醜——
喔，抱歉。
可是爸比，毛毛蟲以後變蝴蝶，會只剩下蝸牛耶。
那蝸牛也會很傷心啊。

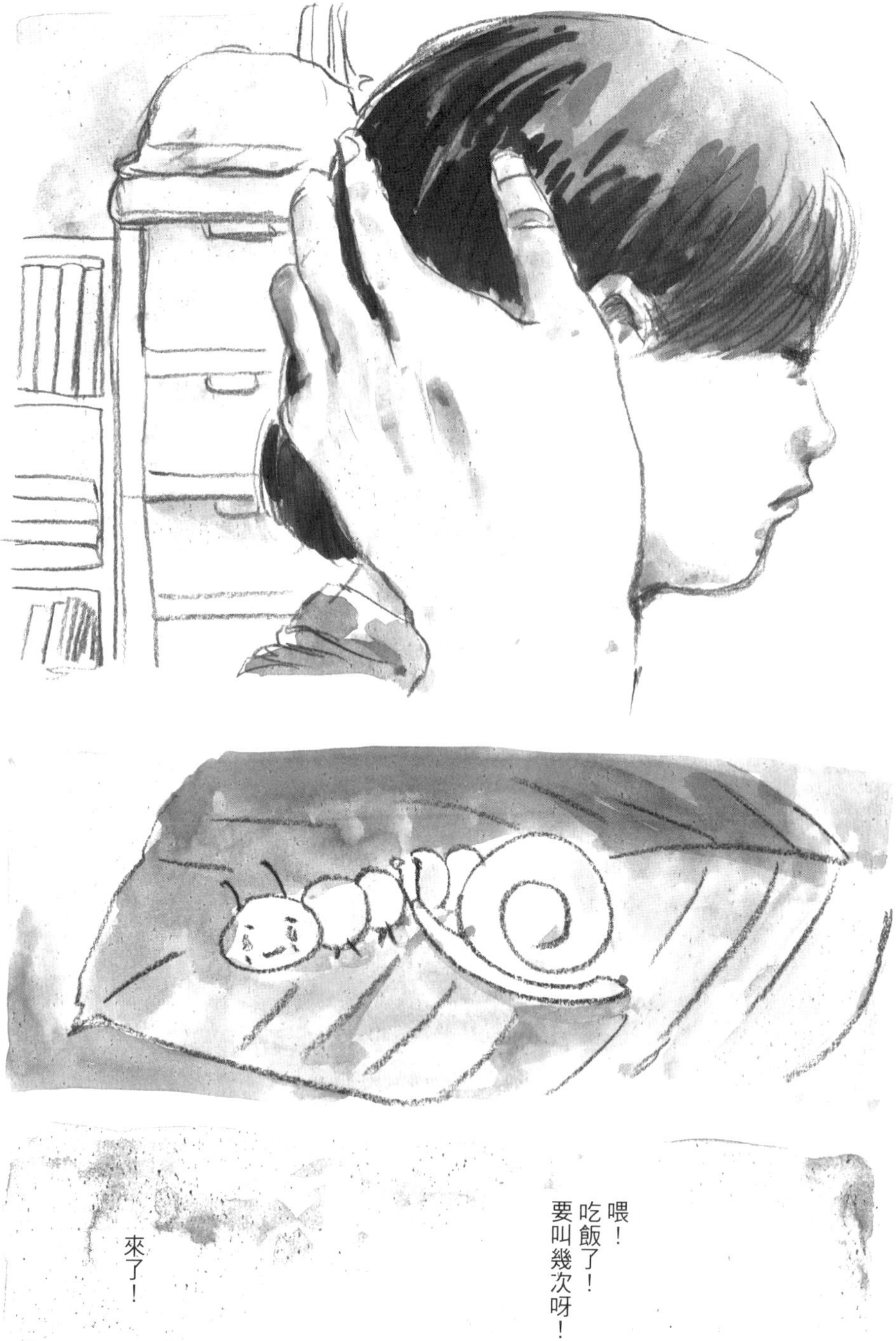
喂！
吃飯了！
要叫幾次呀！
來了！

阿強多少？
美香珍
小雪乾貨
月底結算就好了啦！你快完成作品吧！
磅！
噗！
你又讓他賒帳！
你是很有錢喔！
他現在狀況不好，互相照應嘛——再說，他有清帳啊。
他狀況不好怪我啊！快四十歲還不認清現實！
妻離子散還不都是他自己搞的！

唉喲！妳小聲點啦，他會聽到。
我有說錯嗎！他就用理想當藉口在逃避現實啊！
她說得對……
我的確是善於隱晦現實不肯面對的人。

郭老師回來啦。
校長您好。
圖書館的房間住得還習慣吧？冬天會比較溼冷。
您能出借地方已經很感謝了。
我也許還得打擾一陣子。
沒問題。你就安心住下好好創作。
謝謝。

要是經濟上有需要，我隨時可以安排代課。
老話一句，我真希望你留下來任教。
嗯，等我完成作品，我會考慮。
接受幫助總得回饋。
外界總愛將幫助視為同情。
我不否認當中多少參雜了這些成分。

圖書館很少人來，
也許是書不多，
也許是看書的不多。
我申請了一些，
募了一些。
把書目建立起來。
叮！
我們搭明天下午3點飛機，我告知是基於得讓你知道。但我不希望你出現影響孩子心情。

5 西達企業股份有限公司
4 東華春出版社
3
我很喜歡，會和行銷企劃同事一起努力。
嗯！
我已經幫你申請預付，下個月五日會進帳。
如果還需要支援，隨時聯繫喔。
……
有什麼事嗎？覺得你在思考什麼？
沒事，謝謝妳。

搭車有種魔幻的錯覺。
彷彿坐著，站著，沒移動，其實卻正往某個目的地前進。
時間在經過季節在經過。
過程中，有什麼正在變化，卻又似乎沒留下什麼。
穿過漆黑山洞到另一頭的光彷彿催生。
驚喜、期待。

但，也許，也許出去之後
才知道是糟到不行的天氣。
你不是說
氣象預報
不會下雨嗎！
害我跟小孩
都淋溼了啦！
嘖，鞋子
都溼了！
應該是陣雨，
等一下就停了。
你又知道了！

如果是好天氣就好了……
或許此刻小孩在草地上奔跑，
也許坐在樹蔭下的木椅看風景。
我了解空氣潮溼黏膩，
鞋襪沾黏腳底傳到心頭的煩。
煩，
如雲層山嵐流動；
如念頭悄然無聲的轉換。

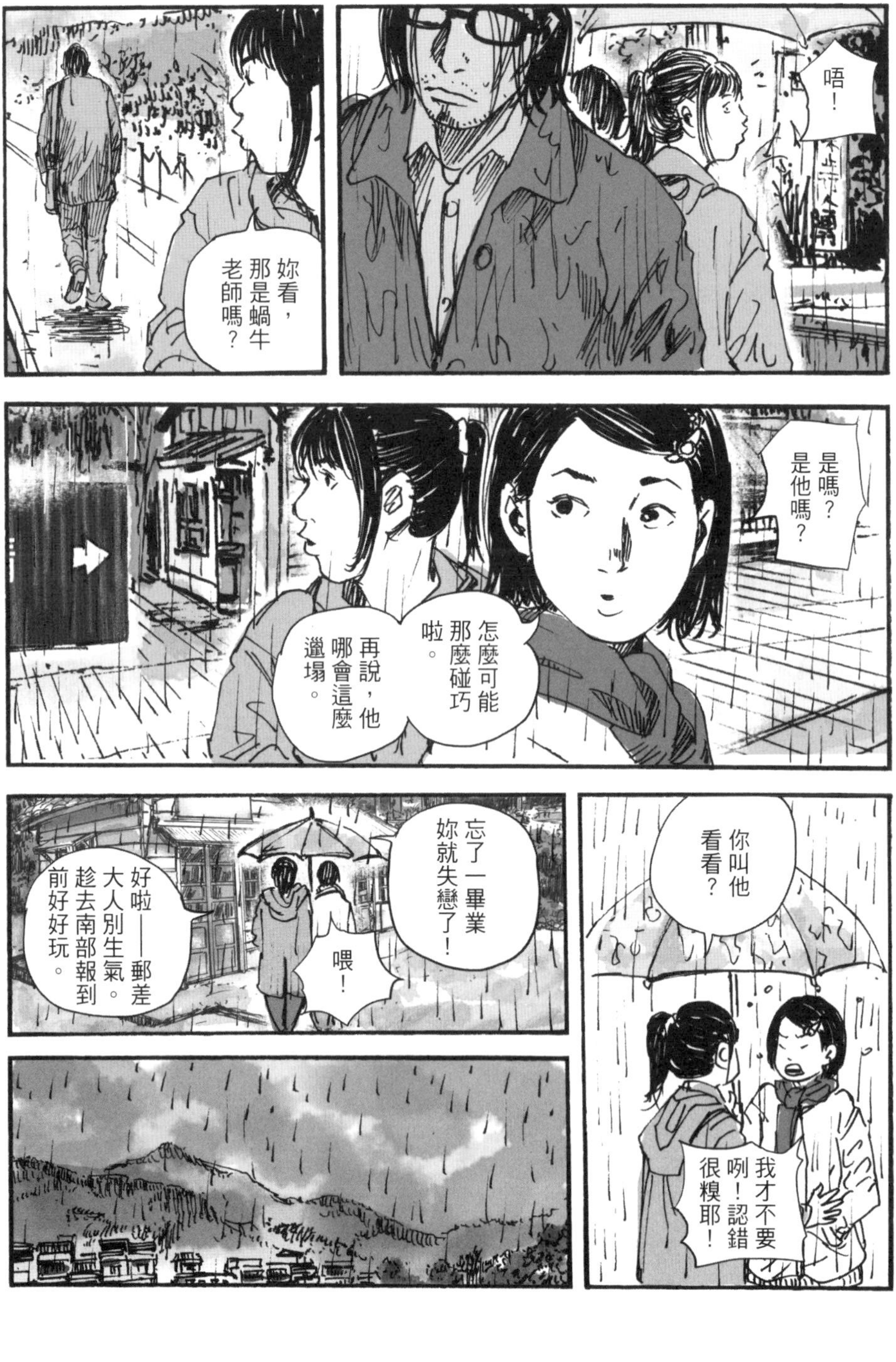
唔！
妳看，那是蝸牛老師嗎？
是嗎？是他嗎？
怎麼可能那麼碰巧啦。
再說，他哪會這麼邋塌。
你叫他看看？
我才不要咧！認錯很糗耶！
忘了一畢業妳就失戀了！
喂！
好啦——郵差大人別生氣。趁去南部報到前好好玩。

內灣車站
NEIWAN STATION
噠！
噠！

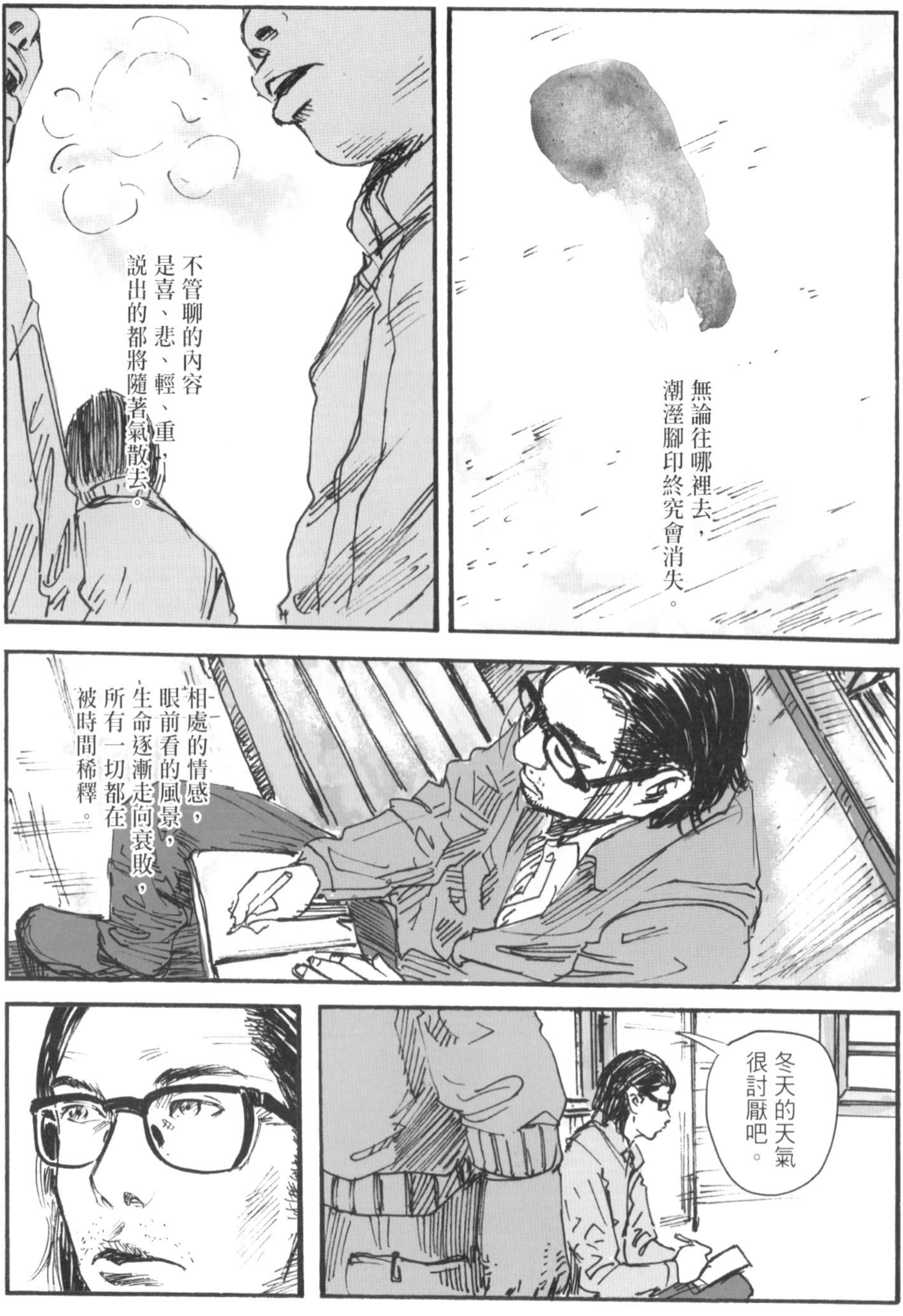
無論往哪裡去，潮溼腳印終究會消失。
不管聊的內容是喜、悲、輕、重，說出的都將隨著氣散去。
相處的情感，眼前看的風景，生命逐漸走向衰敗，所有一切都在被時間稀釋。
冬天的天氣很討厭吧。

不過，我上個月退休了。
我是這裡的站務，常看你在這寫東西。
以前都會想，退休後要去哪裡走走。
STATION
喔！雨勢變小了。
哪知道真的退休了，卻哪裡都懶得去。
身子骨還硬朗，卻是心情過期了。
任何事都會過期的。還是趁想做的時候就做。

慢慢走。

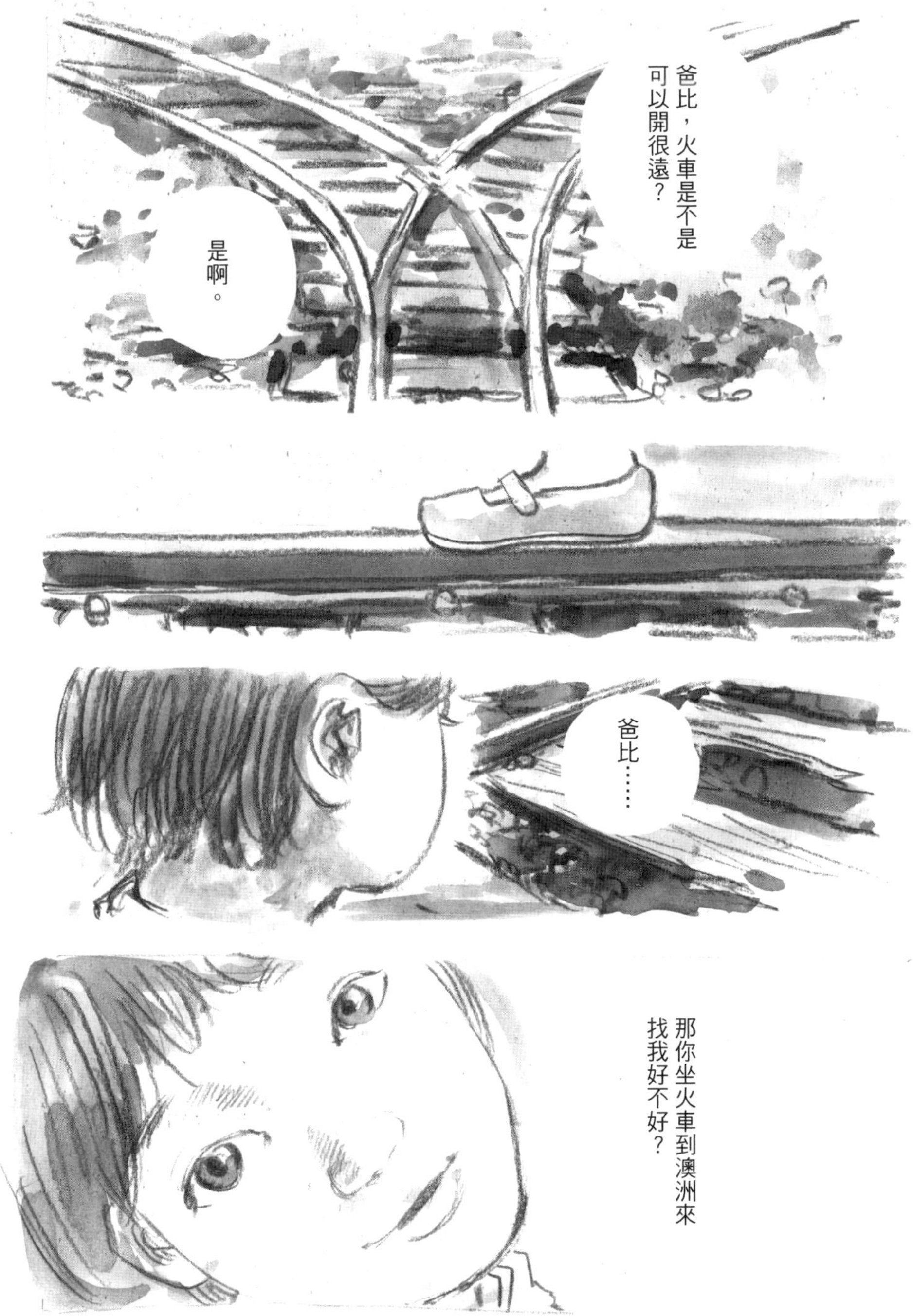
爸比，火車是不是可以開很遠？
是啊。
爸比……
那你坐火車到澳洲來找我好不好？

高鐵/巴士乘車處
To High Speed Rail/Bus station
計程車
Taxi
1,2號停車場
Car park 1,2
往第二航廈電車
Skytrain to Terminal 2
遊覽車/飯店接駁車
Tour/Hotel bus

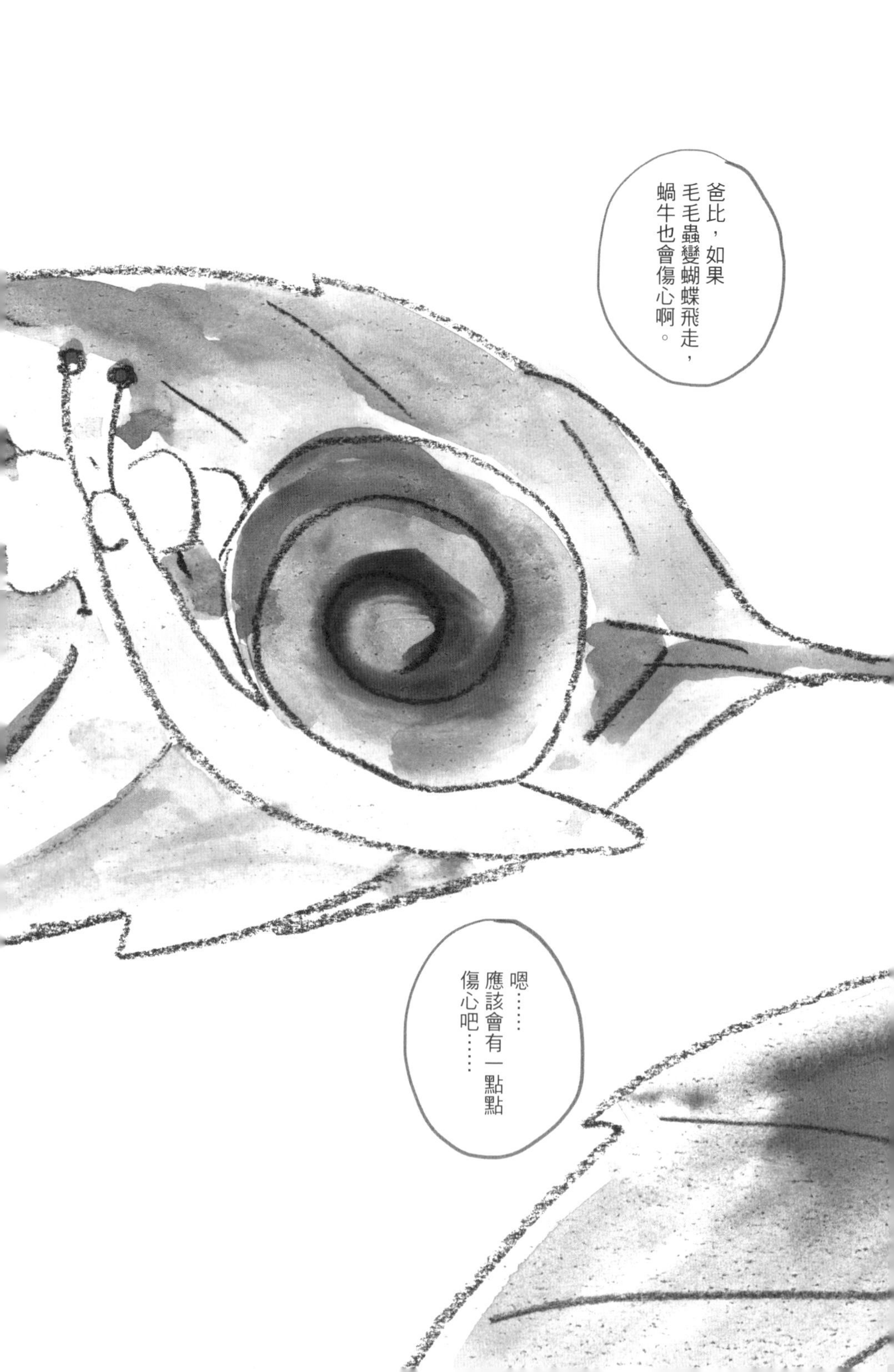
爸比，如果毛毛蟲變蝴蝶飛走，蝸牛也會傷心啊。
嗯……應該會有一點點傷心吧……

因為蝸牛知道
自己永遠都不會飛。
但是，他可以看蝴蝶飛啊。
也許，有一天
蝴蝶會回來找他玩。

南部有個活動中心在徵圖書館人員啊。
嗯！謝謝您這陣子的照顧。
還是留不住你，可惜。
再見，保重。
再見。

人，總是再見以後才會再見。

再見的間隔有多久？
也許是一週，
也許是跨了一個季節。
也許是八個小時後，
也許，是下一輩子。
也許，也許。

只要還抱持
再見的期待。

北天宮
郭老師，就勞煩你了。
我是廟公，有事找我，萬一我不在，
你就去柑仔店找老闆。
北天宮
歡迎你來。

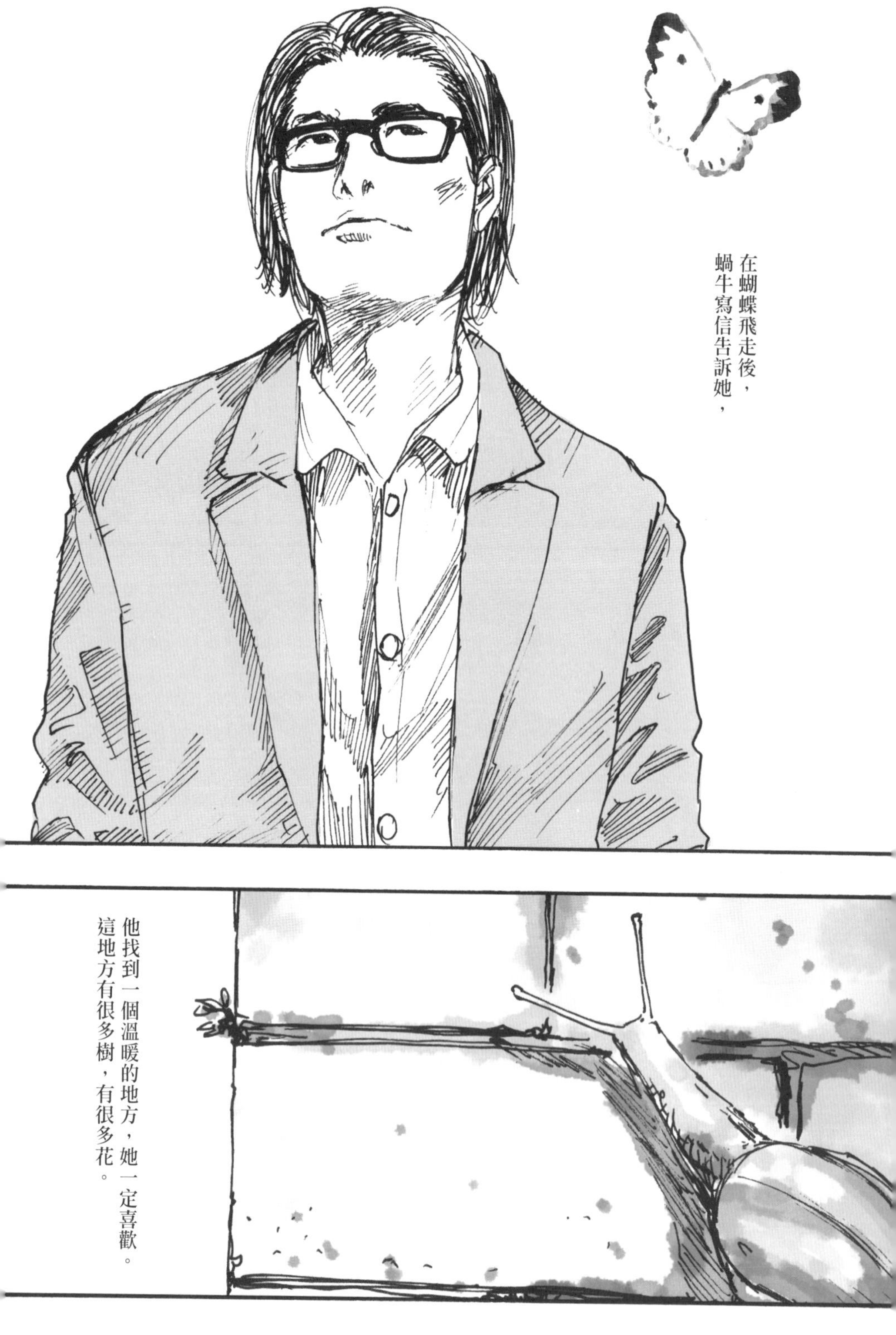
在蝴蝶飛走後，
蝸牛寫信告訴她，
他找到一個溫暖的地方，她一定喜歡。
這地方有很多樹，有很多花。

自畫自說

在故事裡感受季節的氛圍

這本書最先完成的一篇是夏天的故事，是二〇一三年的事了。畫的同時也思考著要補完其他三個季節。但兩年過去了，什麼也沒做。

原本是要放棄的了，你們也知道台灣畫漫畫在沒稿費的狀況下難以生活，付錢的一方也並非全然的任由你想畫什麼就畫什麼。所以去年寫好的故事大綱就躺在D槽。直到和遠流開始合作《用九柑仔店》系列後，我原本不抱期待地將文章寄給總編靜宜，想不到她很喜歡。於是，你們就看見這本書了。

所有人都以為這本將會迅速的完成。畢竟已經有一個故事了，我也自信滿滿的認為是如此。實際執行時才驗證比畫新故事更花時間，這原因在於人的歲數增長不一定和心靈成熟成正比，不過在回首一些事時總會發覺過去的自己有些蠢，例如看到臉書回顧自己四年前的照片。所以當我重新再看夏天以及之前寫的大綱，實在很想穿越過去賞我自己幾個耳光。

我原本想要打掉重練。但又捨不得拆掉那些鋼骨，於是和編輯還有企劃討論，他們希望這本除了有獨立的故事外，還能帶到「用九柑仔店」，這點我很贊成，我之前也常在作品裡穿插其他作品的角色當路人。但是用俊龍來擔任路人甲的感覺像是隔著牛仔褲抓癢，最後編輯提出讓圖書館的蝸牛哥來吧。《用九柑仔店》裡的他一直在等信，剛好這本作品的第一篇就與明信片有關，這樣串起來就不唐突了。

然後，要能賦予人物會出現在某地的合理性，故事說起來才不會無根的飄。如何讓最後一篇的蝸牛哥出現在故事裡，我想過幾個方向：

一、他是在地人，那他為何跑去用九那裡？

二、他是旅遊作家，那之前老師一職的設定如何交代？而且可以繼續走透透啊，為何會在用九故事裡設定的地點定下來？

三、曾經在那裡住過一段時間後的舊地重遊。他跟那片土地的情感沒那麼深，沒那麼多難以割捨。

第三個設定似乎合理一些，比較能說服我自己。解決了這個，就好解決他和其他三個季節的關係。我希望這四個故事各自獨立但又彼此有些關聯，如同四季雖是獨立的季節，但是在交替時又是漸進而非截然斷裂的。

用景色來區別季節當然說得過去，也是最能讓讀者明顯辨別的。可是如果能讓讀者讀到故事裡季節的氛圍，我想會更好，所以把故事安排成春天的愛情似乎要萌芽，夏天的喧鬧，秋天離別的惆悵，冬天蕭瑟後又有春天要來臨的氣息。

定下了，完成草稿，一切順遂後，在完稿時我又修改了。一直是這樣，編輯也很頭大。

第二個頭大的是書名跟封面。

老實說，我完全不知道從何著手，近乎一片空白，畫內容情節對我來說是有所依循的，但是書名跟封面卻像是突然跳到另一個次元。我表達不出我要呈現的，我相信有人天生就是做什麼的，做音樂家、做水電師傅、做封面設計師。應該由他們來吧，在他們看過故事後來發想——於是，這個令我憂鬱的問題，在編輯、企劃、美編們動腦又動手的來來回回推敲下，有了「鐵道奏鳴曲」這樣的命名和意象，來貫穿這四個帶有季節表情的故事／樂章。

而難題被化解的我，也終於一掃煩悶，像是去完宮廟後的心境清明。

四季過完，接下來是《用九柑仔店3》了。

等等，先別急著闔上書，
後面還有「驚喜」喔！

哇！這正妹是誰啊？
你偷偷暗槓喔—
槓你的頭，是民宿的廣告啦。
手寫很有誠意呀—
春樹哥。

善於等待的人，一切都會及時到來。
正妹耶！我們去看看吧。
阿芬在你後面，她很火……

Taiwan Style 47

鐵道奏鳴曲

Railway Sonata: the Four Seasons

作　　者 / 阮光民

編輯製作 / 台灣館
總 編 輯 / 黃靜宜
主　　編 / 張詩薇
美術設計 / 丘銳致
企　　劃 / 叢昌瑜、葉玫玉

發 行 人 / 王榮文
出版發行 / 遠流出版事業股份有限公司
地址：台北市 100 南昌路二段 81 號 6 樓
電話：（02）2392-6899
傳真：（02）2392-6658
郵政劃撥：0189456-1
著作權顧問 / 蕭雄淋律師
輸出印刷 / 中原造像股份有限公司
□ 2017 年 8 月 1 日　初版一刷
定價 240 元

ISBN 978-957-32-8035-4
遠流博識網 http://www.ylib.com E-mail: ylib@ylib.com

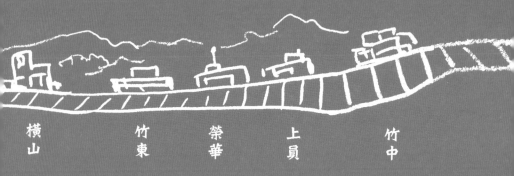

橫山
竹東
榮華
上員
竹中

九讚頭

合興

富貴

內灣